Stille Wintertage

Kiara und Alina Teil 2

KIARA SINGER

Bibliografische Information der Deutschen Bibliothek:
Die Deutsche Bibliothek verzeichnet diese Publikation in der Deutschen Nationalbibliographie; detaillierte bibliographische Daten sind im Internet über http://dnb.ddb.de abrufbar.

2. Auflage

© 2016 Alle Rechte liegen beim Autor

Herstellung und Verlag: BoD - Books on Demand, Norderstedt

Printed in Germany

ISBN-13: 9783741261374

INHALTSVERZEICHNIS

DAVID UND MICHELLE — 1
  Vorbereitung — 1
  Hinfahrt — 3
  Im Bett mit Michelle — 8
  Rückfahrt — 22

GEBURTSTAG — 25
  Vorabend — 25
  Kaffee und Kuchen — 36
  Nacht — 45

FRAUENABEND — 49

MARKS EINLADUNG — 61
  Miriams Feuertaufe — 61
  Lorenas Sorgen — 64
  Der Antrag — 68

EIN TAG MIT JONAS — 75
  Roberts Wut — 75
  Wie eine Freundin — 85
  Ein Wochenende mit Robert — 95

MICHELLE UND ELLEN — 105
  Michelles überraschender Besuch — 105
  Ellen, Abi und John — 108
  Abends mit Mark — 112

NACHSORGE — 121
  Beim Gynäkologen — 121
  Michael and Friends — 125

SKLAVINNENVERSAMMLUNG	129
Marks Erlaubnis	129
Café Bar	134

DIE PERSONEN

Wer »*Kiara und Alina*« nicht gelesen hat, wird vermutlich manche Dialoge nur zum Teil verstehen. Zur Erleichterung des Verständnisses sollen die wichtigsten Personen der ersten Erzählung deshalb hier noch einmal kurz aufgelistet werden:

Alina ist Kiaras große Liebe. Alina war die Sklavin Ellens, jetzt ist sie wie Kiara Marks Sklavin.

Ayisha ist Lissys Freundin. Lissy und Ayisha haben eine sexuelle Beziehung.

Ellen war lange Zeit Alinas Herrin.

Dr. Feldmann ist Sadist und Erzieher schwieriger Fälle.

Jens war fünf Jahre lang Kiaras fester Freund. Dann nahm er einen Job in Sydney an und beide trennten sich.

Joachim ist bekannt für seine erotischen Sommerfeste.

Jonas ist Sohn und einziges Kind von Robert und Lorena.

Kiara ist die Hauptperson. Nachdem ihr Freund Jens und sie sich getrennt haben, entdeckt sie ihre devote Ader.

Klaus ist Kiaras Fitness-Trainer.

Kurt ist ein Tätowierer und Piercer.

Lissy war Jonas Freundin. Jetzt hat sie eine sexuelle Beziehung zu ihrer besten Freundin Ayisha.

Lorena ist die Ehefrau und Sklavin Roberts.

Mark ist Kiaras aktueller Freund. Als seine Sklavin lebt sie in seinem Haus.

Michael ist Marks bester Freund. Mark und Michael sind Geschäftspartner. Wie Mark ist er dominant.

Miriam ist seit vielen Jahren Kiaras beste Freundin.

Paul ist Miriams Freund.

Robert ist ebenfalls ein Freund von Mark.

Viktor ist Zuhälter.

DAVID UND MICHELLE

VORBEREITUNG

»Alina, was steht mir besser, das Kleid hier oder der schwarze Rock mit der Bluse da drüben?«

»Wo soll es denn hingehen?«

»Ist das nicht egal?«

»Nein. Wenn es in die Oper geht, dann das Kleid, bei einer privaten Einladung je nach Anlass Kleid oder Rock, und wenn es mal wieder so spezielle Freunde von Mark sind, dann eben halt nur Stiefeletten.«

»Alina! Okay, ich kenne die Leute nicht, nur ihre Vornamen, sie heißen David und Michelle, mehr war aus Mark nicht herauszukriegen.«

»Michelle? Olala!«

»Willst du mir damit irgendetwas sagen oder nur mit deinen Französisch-Kenntnissen glänzen?«

»Französisch-Kenntnisse? Hi hi. Ja die wirst du bei Michelle brauchen?«

»Alina! Nun lass dir bitte nicht jedes Wort aus der Nase herausziehen. Offenbar kennst du diese Michelle, oder?«

»Ja, Liebste. Wenn es diese Michelle ist, die ich meine, das ist eine Freundin von Ellen. Die habe ich mal bei einem Herr-der-Ringe-Abend kennenlernen dürfen.«

»Aha, das ist doch schon mal was! Ich kann mich an deine Erzählung noch erinnern. Muss ich mich auf einen Horrorabend einstellen? Noch einen wärmenden Pulli anziehen, damit man meine Gänsehaut nicht sieht?«

»Nein, keine Sorge, Liebste. Die Michelle, die ich kenne, ist eine eher liebe Frau. Sicher, wenn sie mit Ellen zusammen ist, dann wird sie manchmal auch gemein, so etwas färbt halt ab. Aber sie mag wirklich Frauen. Wenn sie dich sieht, wird sie bestimmt an dir herumspielen wollen. Sie ist übrigens schon so um die fünfzig. Bei ihr wäre das Kleid eher angemessen. Außerdem musst du dabei nur ein Kleidungsstück ausziehen, das hat doch auch was für sich, oder? Ach ja, den Slip kannst du hierlassen, damit kannst du bei ihr punkten.«

»Punkten, punkten? Was soll ich dabei punkten?«

»Ja, war blöd ausgedrückt. Du kommst bei ihr sowieso an, egal was du machst. Aber sie hat mir damals direkt bei der Begrüßung unter den Rock gefasst und sogleich gelobt, dass da nichts Störendes drunter wäre. Ist nur so ein Tipp.«

»Okay, also kein Höschen.«

»Und kipp dir noch eine halbe Flasche Opium drauf. Sie hat es gerne, wenn Frauen wie ein Douglasladen riechen.«

»Überall? Ähm, an meiner Muschi auch?«

»Ach komm, Süße. Aber sprühe noch eine ordentliche Menge auf deine Oberschenkel und meinetwegen auch auf deinen Venushügel, das kann nicht schaden.«

»Und sie macht mir dann keine Striemen drauf?«

»Nein, Liebste, keine Sorge. Sie ist eine ganz Sanfte. Ich weiß ja nicht, ob sie auch ihrem Mann gegenüber so ist, aber Frauen behandelt sie sehr lieb.«

»Und was mache ich, wenn Ellen auch da ist? Ich meine, sie ist doch immerhin eine Freundin von ihr.«

»Dann mach Michelle schöne Augen und lass dich von ihr vernaschen. Du bist ja nicht in der Höhle des Löwen, höchstens in der Vorhölle.«

»Ha ha, sehr witzig. Soll ich jetzt darüber lachen, oder was? Sag mal, und du bist nicht eifersüchtig, wenn ich dir nachher noch von dem Treffen erzähle?«

»Liebste, ich weiß doch, dass du die Sklavin von Mark bist und solche Sachen machen musst. Eifersüchtig bin ich nicht direkt. Aber ich bin verdammt neidisch. Ich liebe dich, darf aber nicht richtig an dich ran. Für Michelle bist du ein kleiner Zeitvertreib, ein Nachtisch am Ende eines anstrengenden Arbeitstages, ein Betthupferl, mehr nicht. Und die darf dann nach Belieben an dir rumspielen, dich vielleicht sogar ein paar Mal zum Höhepunkt bringen und dabei in deine schönen Augen schauen. Und da soll ich nicht neidisch werden? Ja, ich bin schon jetzt neidisch auf sie.«

Alina weinte. Kiara nahm sie in ihre Arme.

»Liebste, vielleicht dauert es ja gar nicht so lange. Ich denke, wir sind auf jeden Fall diese Nacht wieder hier. Und dann schließe ich dich ganz fest in meine Arme.«

»Ach Kiara, ich will dir deinen Spaß nicht verderben. Vielleicht ist es ja ganz schön mit Michelle. Versuch die Stunden dort zu genießen. Sie ist eine nette Frau. Aber mit zusammen Kuscheln danach ist es halt nicht getan. Liebste, versteh doch, ich will manchmal mehr, ach was heißt manchmal? Es tut so weh, dass Michelle gleich das bekommt, wonach mein ganzes Herz begehrt. Na ja, vielleicht schaut Michael nachher noch vorbei und fickt mich den ganzen Abend durch, fickt mir alles aus meiner schweren Seele raus. So, und nun entscheide dich endlich für das Kleid, du siehst echt total heiß darin aus. Schließlich macht es mich auch ein wenig stolz, wenn andere Weiber auf dich scharf sind.«

HINFAHRT

»Liebling hat es eben noch einen Unfall in deinem Zimmer gegeben?« Mark zog sein väterlichstes Gesicht auf.

»Wieso?«

»Nun, hier im Wagen riecht es so, als hätte sich das halbe Frankfurter Bahnhofsviertel eingefunden.«

»Ist das schlimm? Ich hatte Lust darauf.«

»Ach schlimm ist es nicht. Ich habe das manchmal sogar ganz gerne. Warum auch nicht? Dann weiß man halt sofort, woran man bei dir ist.«

»Danke Mark, für das sehr nette Kompliment. Was sind das eigentlich für Leute, wo wir heute hinfahren? Sind das Geschäftsfreunde von dir oder wieder nur Geschäftsfreunde?«

»Dein Parfum hat nicht zufälligerweise noch irgendwelche gravierenden Nebenwirkungen, von denen ich wissen sollte? Geschäftsfreunde oder Geschäftsfreunde? Vielleicht sollte ich dich nach Ankunft erst einmal übers Knie legen. Kann das sein, he?«

»Nein Mark, aber sag mir doch einfach mal was. Muss ich den ganzen Abend langweiligen Gesprächen über Hydraulikprobleme folgen, oder muss ich mich sofort ausziehen, um von fünf durchtrainierten Bodybuildern durchgefickt zu werden? Das ist doch irgendwie ein kleiner Unterschied, oder?«

»Für eine Sklavin eigentlich nicht. Sie macht beides gerne.«

»Okay, du willst es mir nicht sagen. Akzeptiert.«

»Wir fahren zu David und Michelle. Und wahrscheinlich wird es eher eine Kombination von deinen beiden Varianten sein, nur ein bisschen anders. Ich arbeite mit David schon länger zusammen und habe mit ihm einige Dinge durchzusprechen, nenn sie meinetwegen Hydraulikprobleme. Michelle ist seine Ehefrau. Du wirst dich die meiste Zeit mit ihr unterhalten, weil es sonst zu langweilig für sie wäre.

Genau wie du steht sie nicht auf Hydraulikprobleme und hat auch keine Lust, uns die ganze Zeit dabei zuzuhören.«

»Vielleicht soll ich sie ja eher unterhalten, als mich mit ihr zu unterhalten.«

»Oder so.«

»Und was machst du, wenn sie dabei aus mir eine Lesbe macht?«

»Liebling, wie soll sie aus einer Lesbe eine Lesbe machen können? Um mich ausnahmsweise einmal deinen albernen Wortspielereien zu bedienen.«

Kiara grinste. Sie liebte diese kleinen Debatten mit ihm. Es war klar, dass er die Macht besaß, sie sofort zum Schweigen zu bringen. Manchmal benutzte er rohe Gewalt, ein anderes Mal schrie er sie nur an. Aber meist versuchte sie danach sofort wieder herauszufinden, wie weit sie denn nun gehen könnte. Es war ein ständiges Spiel mit dem Feuer, bei dem sie sich ganz leicht die Finger verbrennen konnte. Das machte ihr aber nichts. Das Spiel war viel interessanter. Seine Macht und ihre Ohnmacht trieben es an, so wie die kleinen Sticheleien mit ihrem Vater, als sie noch ganz klein war. Und sie wusste, er hatte sie längst durchschaut. Sie spielten das Spiel gemeinsam.

»Nun, du wirfst mir doch immer vor, aus irgendwelchen Mädchen Lesben zu machen, die dann für die Männerwelt endgültig verloren sind. Vielleicht kann ich von einer reifen Lesbe noch ganz neue Tricks lernen.«

»Hatte ich irgendetwas über ihr Alter gesagt. Wie kommst du darauf, dass Michelle eine reife Frau sein könnte?«

»Ich nehme an, es handelt sich bei den beiden um Geschäftspartner von dir, von David hast du das ja eben selbst gesagt. Ich denke, die sind dann eher in deinem Alter. Aus meiner Sicht ist das reif. Ich bin ja noch unreif.«

»Oh Kiara, da hast du mit dem letzten Wort aber gerade noch einmal haarscharf die Kurve bekommen. Mein Fuß stand schon auf der Bremse. Also David ist 49. Warum sollte er keine 18-jährige Ehefrau besitzen? Ich habe ja auch eine jüngere Freundin. Und es würde dann ja auch passen: zwei Hühner, die nichts mit Hydraulikproblemen anfangen können. Hm! Wenn ich noch öfter davon spreche, glaube ich gleich selbst, es gehe bei David um Hydraulikprobleme.«

»Ich habe gehört, sie sei eher in Davids Alter.«

Mark schaltete die Warnblinkanlage an, lenkte den Wagen auf den Seitenstreifen der Autobahn und führte eine Vollbremsung durch.

»Woher hast du diese Information, du kleines Luder?« Sein Blick war streng und sein Zeigefinger genau auf ihren Mund gerichtet.

»Ach Mark, Alina hat mich gefragt, wo es denn hingehe, ich habe ›David und Michelle‹ geantwortet, und sie meinte daraufhin, sie kenne die wohl. Michelle sei ungefähr fünfzig und eine Freundin von Ellen.«

»Und das soll ich dir jetzt glauben?«

»Ja Mark. Ich habe sie gefragt, was ich anziehen soll. Und da hat sie zurückgefragt, wo es denn hingehe. Und so ist eins zum anderen gekommen.«

»Und dabei hat sie dir ganz nebenbei verraten, dass Michelle es gerne hat, wenn eine Frau vorher noch in eine Parfum-Flasche gefallen ist?«

»Ja, nicht so direkt, aber so ungefähr hat sie das gesagt.«

Der Wagen rollte langsam an. Wenige Augenblicke später trieb Mark ihn bereits wieder mit Tempo 180 auf der linken Fahrspur voran.

»Zieh doch bitte dein Kleid einmal bis zu deinen Hüften hoch.«

»Mark, das ist nicht nötig. Ich habe kein Höschen drunter an.«

»Und mir möchtest du diesen reizenden Anblick im Gegensatz zu einer beliebigen und dir noch nicht bekannten Lesbe also vorenthalten?«

»Nein, Mark, natürlich nicht.« Kiara zog ihren Rock hoch. Mark griff ihr in den Schritt.

»Sehr schön. Ich fasse also einmal die Fakten zusammen. Alina meint, es handele sich bei Michelle um die gleiche 50-jährige Frau, die sie kennt. Und diese Frau liebt Frauen und schätzt es, wenn sie dabei wie das halbe Frankfurter Bahnhofsviertel riechen und kein Höschen anhaben. So die Aussagen von Alina. Und dann hast du nichts Eiligeres zu tun, als dich den halben Abend so zurechtzumachen, dass du nun auch wirklich garantiert am heutigen Abend von Michelle vernascht wirst. Habe ich das halbwegs richtig wiedergegeben?«

»Ja, Mark. Wir sind doch deren Gäste. Und zu den Gastgebern sollten Gäste doch freundlich sein. Oder findest du das nicht?«

»Ha ha ha ha! Du hattest in erster Linie den Wunsch, heute Abend mit einer anderen Lesbe herumzumachen. Und weißt du auch warum?«

»Nein. Aber du wirst es mir bestimmt gleich sagen.«

»Weil du eine Lesbe bist und dir so etwas natürlich nicht entgehen lässt. Ist es so?«

»Mark, Alina hat mir gesagt, Michelle sei Ellens Freundin. Und da habe ich es etwas mit der Angst zu tun bekommen. Sie hat mir weiterhin berichtet, Michelle stehe auf Frauen. Für mich war damit klar, dass ich mich ihr heute Abend nicht verweigern kann. Ich werde mit ihr Sex haben, egal ob Lesbe oder nicht, und zwar, weil es ihr ausdrücklicher Wunsch ist. Und da wollte ich sie von Anfang an milde stimmen. Ich will es nicht wieder mit einer Ellen zu tun bekommen.«

»Okay Liebling, das verstehe ich jetzt. Ja, es stimmt, Michelle möchte sich gleich ein wenig mit dir beschäftigen, was auch immer das heißen mag. Sie ist 52 Jahre alt, eine immer noch sehr attraktive und gepflegte Frau und ja, es ist die gleiche Michelle, die auch Alina kennt. Die Übereinstimmung der Interessen wäre doch sonst einfach viel zu groß.«

IM BETT MIT MICHELLE

»Wie lange kennst du Mark jetzt schon, Schätzchen?«

Michelles Hand wanderte langsam zwischen den Beinen Kiaras aufwärts. Für Kiara war es längst zur zweiten Natur geworden, ihre Beine dann weiter zu öffnen und sich anzubieten. Mark und David saßen ihnen gegenüber und diskutierten berufliche Themen. Erst gerade hatte man gemeinsam zu Abend gespeist.

»Wir haben uns im Sommer kennengelernt.«

»Und? Seid ihr glücklich miteinander?«

Ihre Hand war unmittelbar vor Kiaras Lustzentrum angekommen. Ein freudiges Lächeln huschte über ihre Lippen.

»Ja, ich bin sehr glücklich mit ihm.«

»Und Mark mit dir?«

»Michelle, ich hoffe ja. Aber ich kann es dir nicht sagen, da musst du ihn schon selbst fragen.«

»Na so etwas. Sagt er es dir nicht?«

Zwei Finger umkreisten langsam Kiaras Spalte. Sie spürte, wie sie immer feuchter wurde.

»Mark ist ein sehr sachlicher und viel beschäftigter Mann. Er zeigt es mir anders.«

»Anders? Komm Schätzchen, ich zeige dir mal unsere anderen Räumlichkeiten. Ja die beiden Männer sind wieder ganz sachlich bei ihren Geschäften. Da sollten wir Frauen nicht länger stören.«

Sie zog sie an ihren Händen hoch, legte einen Arm um ihre Hüfte und führte sie hinaus.

»Mark sagte mir, du wärst seine Sklavin. Ist das so?«

»Ja, vom ersten Tag an.«

»So ist es richtig. Auch ich bin gerne dominant. Und es ist gut, wenn die Fronten von Anfang an geklärt sind. Aber keine Sorge, Schätzchen, ich werde trotzdem sehr lieb zu dir sein. Hast du Angst vor mir?«

»Ach Michelle, Angst eigentlich nicht. Ich bin etwas verunsichert. Meine Freundin erzählte mir, du seiest eine gute Bekannte von Ellen, und das hat mich schon etwas beunruhigt.«

»Kennst du Ellen?«

»Ja, ich war einmal bei ihr.«

»Oh. Dann zeig mir ihr Brandzeichen. Hast du eins? Komm, zieh dich aus und leg dich auf mein Bett.«

Mittlerweile waren sie in ihrem Schlafzimmer angekommen, in dessen Mitte ein riesengroßes, kreisrundes und möglicherweise sogar elektrisch drehbares Bett thronte. Selbst dem Playboy-Herausgeber Hugh Hefner hätte es gut zu Gesicht gestanden.

Kiara folgte ihren Wünschen und schon bald darauf lag sie nur noch mit ihrem Halsband bekleidet in der Mitte des Bettes. Michelle dimmte den Raum auf Dämmerlicht herunter und legte sich nackt neben sie. Sie spreizte Kiaras Beine, um Ellens Tattoo näher zu inspizieren.

»Eine sehr schöne Ausführung.«

Wenig später näherte sie sich mit ihren Lippen Kiaras Spalte und drang mit ihrer Zunge in sie ein. Mit kreisenden Bewegungen umspielte sie ihre Klitoris. Sie machte es so geschickt und einfühlsam, dass sich Kiara schon kurze Zeit später ihrem Höhepunkt näherte.

»Michelle. Ich weiß gar nicht, ob ich kommen darf. Mark hat es mir vorhin nicht ausdrücklich erlaubt, und dann ist es mir eigentlich verboten. Er hat überhaupt nichts gesagt.«

»Dann wollen wir uns besser mal an seine Vorgaben halten, denn schließlich gehörst du ihm. Liebchen, dreh dich doch bitte auf deinen Bauch, spreize deine Beine, und stütze dich auf deine Ellenbogen ab.«

Kiara befolgte ihre Anweisungen.

»Du hast einen Körper wie eine Gazelle. Wunderschön! Welchen Sport machst du?«

Mit einer Hand streichelte sie Kiaras Brüste, während die andere über ihren Rücken, ihren Po und ihre feuchte Spalte glitt.

»Mark schickt mich zweimal die Woche zu Klaus. Kennst du ihn?«

»Ach den Sport-Klaus. Ja, den kenne ich flüchtig. Kein Wunder. Sei froh, Mark möchte eben, dass du immer schön anzuschauen bist.«

»Ich glaube nicht, dass das sein Hauptmotiv ist.«

»Sondern?«

»Ich soll am ganzen Körper fit sein, damit sie mich möglichst ausdauernd rannehmen können, und ich mich danach rasch wieder erhole.«

Michelle lachte auf. »Ach Schätzchen, das hast du süß gesagt. Von einer wie dir, wollen sie eben möglichst viel haben, das ist verständlich. Aber bei mir brauchst du diese

Kräfte nicht. Du kannst dich ganz entspannen und fallen lassen.«

Sie hockte sich zwischen Kiaras Beine, beugte sich nach vorne, um langsam und genussvoll mit Lippen und Zunge an ihrer Wirbelsäule entlangzufahren. Mit den Händen hielt sie sich an Kiaras frei hängenden Glocken fest, während sie mit den Fingern die Knospen ihres Opfers bespielte. Kiara befand sich schon bald in einem Zustand der Ekstase. Sie liebte es, sich mit ihren Öffnungen ganz explizit zu präsentieren und dabei an ihren Nippeln stimuliert zu werden. Dann fühlte sie sich ganz besonders wehrlos. Es machte sie bereit, sich restlos hinzugeben.

So verging vielleicht noch eine halbe Stunde, dann flüsterte ihr Michelle ins Ohr:

»Kiara beherrschst du die Techniken, dich zurückzuhalten?«

»Ja, einigermaßen schon. Ich übe erst seit einem halben Jahr. Oft gelingt es mir recht gut. Aber wenn du es so mit der Zunge machst wie vorhin, dann besitze ich überhaupt keine Chance.«

»Komm, dreh dich wieder um und leg dich auf den Rücken, deine Beine natürlich schön gespreizt. Vielleicht kann ich dir noch etwas beibringen. Was sagst du normalerweise, wenn du so weit bist, Mark dich aber nicht zu Ende bringen möchte?«

»Ich sage ›Stopp‹«.

»Oh, wie simpel. Da hätte er sich aber auch ein schöneres Wort einfallen lassen können.«

»Er ist eben ein sehr sachlicher Mann.«

»Du hast ihn sehr gerne, Schätzchen, ja?«

»Ja, das stimmt.«

»Aber ich glaube nicht so gerne, wie er dich hat.«

»Michelle, wie kommst du denn darauf?«

»Schätzchen, ich bin schon ein bisschen erfahrener als du. Eine Frau wie ich spürt so etwas.«

»Ja, wenn du meinst.«

»So Schätzchen, nun komm mal. Wenn der Mark das so praktiziert, dann bleiben wir dabei. Aber achte einmal genau darauf, wann du dich schon wieder ausreichend vom Punkt ohne Umkehr entfernt hast. Und dann sagst du mir ›Go‹. Ist auch nicht besser, passt aber zu eurem ›Stopp‹. Hast du das verstanden, Schätzchen?«

»Ja, ich denke schon. Und was machst du?«

»Ich werde mit meinen Fingern deine Klitoris reizen, dir dabei ein wenig in deine wunderschönen Augen schauen, und wenn du ›Stopp‹ sagst, dann mache ich etwas langsamer und bei ›Go‹ etwas schneller. Das ist eigentlich schon alles. Und wenn es mal schief geht, dann fangen wir anschließend wieder ganz von vorne an. Mal sehen, wie lange wir das durchhalten können. Du weißt, wenn es schief geht, musst du es dem Mark heute Abend noch beichten, und dann wird sicherlich wissen, was mit dir zu geschehen hat. Vielleicht werde ich ihm zusätzlich noch erzählen, du hättest dich sehr ungezogen benommen und wärst nur an deiner eigenen Befriedigung interessiert gewesen und dann auch so und so oft gekommen. Es ist also in deinem eigenen Interesse, es gut zu machen.«

»Okay, Michelle, ich habe verstanden. Ich werde versuchen, alles richtig zu machen.«

»Sehr schön. Ich sehe, Mark hat dich wirklich sehr gut erzogen.«

Es dauerte vielleicht eine Stunde, bis Kiara das Prinzip beherrschte. Zu Beginn sagte sie noch etwas zu früh ›Stopp‹ und zu spät ›Go‹, aber mit der Zeit kam sie immer näher an ihren Point of no Return heran und verblieb dann schließlich dort. Es war ein unbeschreibliches Gefühl. Sie schien zu schweben. Eine zusätzliche schnelle Bewegung mit ihrem Unterleib, und sie wäre so weit gewesen. Es war ein Tanz auf dem Vulkan. Längst sagte sie nichts mehr. Michelle las nun alles aus ihren Augen. Kiara war ganz in ihrer Hand. Nur eine einzige verspätete Reaktion ihrerseits, und Kiara hätte noch heute Abend die Peitsche zu spüren bekommen.

Nach einer für sie schier unendlich langen Zeit ließ Michelle sie endlich frei. Kiaras Körper war nass geschwitzt und ihr Atem ging schwer. Michelle legte sich zu ihr, küsste sie auf den Mund und streichelte ihre Brüste. Nach einer weiteren Ewigkeit kehrte Kiara schließlich endgültig zur Erde zurück.

»Wie fühlst du dich jetzt, Schätzchen?«

»Wow, das war unglaublich. Auf der einen Seite fühle ich mich total entspannt und auch leicht erschöpft, auf der anderen Seite habe ich nur noch den Wunsch, endlich zu Ende zu kommen. Meinst du, wir könnten die beiden Männer dazu holen? Dann kann ich Mark um Erlaubnis bitten.«

Michelle lachte.

»Nein, Schätzchen, heute Abend gehörst du mir ganz allein. Und von mir bekommst du es nicht. Soll ich noch einmal von vorne anfangen?«

»Michelle, bitte nicht. Quäl meine Brüste, oder mach irgendwas anderes mit mir, aber bitte nicht das. Vielleicht kann ich dich ja lecken, hm?«

»Nein, erst ganz zum Schluss. Aber du könntest unsere Getränke holen.«

»Du meinst, da wo Mark und David jetzt sitzen? Muss ich mir vorher nichts anziehen?«

»Nein, du sollst sogar so wie du bist zu ihnen gehen. Dann sieht David, wie gut du gewachsen bist, und was ihm heute alles vorenthalten wird.«

Kiara kehrte etwa zehn Minuten später mit den Getränken zurück. Michelle hatte sich in der Zwischenzeit einen Bademantel übergezogen.

»Und hat mein Mann dich gesehen?«

»Und ob. Mark rief mich gleich zu sich, und David durfte mich überall abgreifen. Mark hat natürlich wieder einmal sehr gelästert.«

»Gelästert? Über dich?«

»Ja, wie soll ich es sagen. Ich bin doch noch total feucht, selbst an meinen Beinen lief es herunter. Das hat er natürlich sofort gecheckt, mittlerweile hat er regelrecht eine Nase dafür, hi hi. Jetzt bin ich für den Rest der Woche mal wieder die Lesbe.«

»Wieso? Gibt es einen Anlass dafür?«

Kiara erzählte ihr von ihrem Verhältnis zu Alina und ihrem Erlebnis mit Lissy und Jonas.

»Ach du lebst richtig mit Alina zusammen? Ja dann!«

»Nein, Michelle, so ist es nicht. Ich stehe genauso auf Männer wie auf Frauen. Bei Männern mag ich mehr den harten, fordernden Sex, von denen will ich meist regelrecht benutzt werden, mit Frauen bin ich lieber zärtlich. Und mit Alina ist es sowieso was ganz Besonderes.«

»Und was war das eben mit uns beiden für dich?«

»Tja Michelle, das weiß ich noch gar nicht richtig. Ellen ist für mich eine sehr dominante Frau. Sie macht mir richtig Angst. Bislang bin ich noch mit allem fertig geworden, was Mark mir aufgetragen hat. Aber Ellen, das war schon ziemlich nah an der Grenze. Am liebsten würde ich sie nie mehr wiedersehen. Ich hatte Angst, du könntest auch so sein. Du sagst selbst, du wärst dominant. Zu mir warst du aber sehr zärtlich. So ganz bekomme ich das noch nicht auf die Reihe.«

»Ach Schätzchen, ich mag Frauen, junge hübsche Frauen wie dich. Alina hat mir auch sehr gut gefallen. Ich kann verstehen, wenn du etwas mit ihr hast. Die würde ich jedenfalls nicht von der Bettkante stoßen. Aber ich will euch Mädchen keine Schmerzen zufügen. Ich will euch nur haben und für Momente ganz beherrschen. Schau mal, hatte ich eben nicht die Macht über dich?«

»Ja, und wie. Eigentlich sogar noch viel mehr als Ellen sie jemals hatte.«

»Siehst du. Darauf kommt es doch an. Wozu brauche ich die Peitsche? Ich würde das Mädchen doch nur verletzen, obwohl es sich mir schenken möchte. Schau mal, ich dominiere auch David. Er wird von mir keuch gehalten. Wenn ich ein Mädchen bei mir habe, dann geschieht das ganz offen. Manchmal sitzt sie dann nackt beim Abendessen an unserem Tisch. David darf sie aber nur anschauen und vielleicht auch einmal kurz anfassen. Aber danach gehört sie ganz mir und das weiß er auch. So dominiere ich ihn. Er ist mir in allem ergeben, und ich beherrsche ihn. Wie ist denn dein Verhältnis zu Alina?«

Kiara berichtete von ihrer Liebe zu Alina und dass sie es sehr genieße, mit ihr eine gleichwertige Partnerin gefunden zu haben, die ihr Sklavinnen-Dasein teilt.

»Kiara glaubst du, dies wird so bleiben?«

»Ach, ich hoffe ja. Wir sind beide die Sklavinnen von Mark und damit ihm unterstellt, aber unter uns gleich. Was sollte sich daran ändern?«

»Nun, ihr seid sehr unterschiedliche Persönlichkeiten. Ich habe euch beide erlebt und auch zu schätzen gelernt.«

»Aber Michelle, du willst doch damit etwas sagen, oder?«

»Kiara, man hört viel Gutes über dich. Ich war heute sehr gespannt auf dich. Und du hast meine Erwartungen sogar noch übertroffen. Du bist eine wirklich sehr interessante Persönlichkeit. Natürlich siehst du auch sehr gut aus. Aber wer sucht, der wird bestimmt ein paar Tausend Mädchen oder Frauen irgendwo auf der Welt finden, die noch besser als du aussehen. Dein Geheimnis ist etwas ganz anderes, nämlich die Hingabe. So eine wie du, habe ich noch nicht kennengelernt. Ich hoffe, der Mark weiß das alles zu schätzen.«

»Wie meinst du das?«

»Liebchen, wenn du etwas sehr gut kannst, oder lass es mich mal so sagen, wenn du bei einer Sache herausragend bist, dann gehörst du bald nicht mehr dir, sondern der Allgemeinheit. Du hast dann etwas, was praktisch ein öffentliches Gut ist, was viele Menschen haben wollen. Nicht wenige wollen an deiner Hingabe partizipieren, weil du sie in deiner Gegenwart wieder Mensch sein lässt. Aber achte dabei auf dich! Du könntest daran zerbrechen. Zurzeit hast du noch sehr viel Energie, und deine natürliche Hingabe scheint sie zu schützen. Aber auch du darfst dich nicht übernehmen. Ich werde einmal mit Mark in aller Ruhe über dich sprechen und versuchen, in Zukunft ein Auge auf dich zu werfen. Zwar nur ganz aus der Ferne, aber eben doch. So und nun zu Alina. Alina ist eine reizende Person. Aber ihr fehlt die Hingabe. Ellen und ich haben sie zusammen mit einer Freundin einmal den ganzen Abend stimuliert. Den beiden anderen hat das große Freude bereitet, mir nicht. Warum? Weil ich spürte, dass sie das nicht wollte. Ihr war das eher unangenehm. Bei dir spüre ich vor allem eins: Wenn es mir eine Freude ist, dann ist es dir ebenfalls eine. Du schenkst dich anderen mit Leib und Seele. Ich glaube, ich hätte dir deine Nippel quälen können, und es wäre nicht anders gewesen. Für mich als dominanten Partner ist das sehr angenehm, weil ich dann in meinen Entscheidungen frei bin. Klar, es gibt Sadisten, und Ellen gehört wohl auch dazu, die in erster Linie quälen wollen, und denen so etwas letztlich egal ist. Aber die meisten dominanten Personen schätzen ihr Gegenüber. Und dann ist es natürlich wunderbar, wenn sich jemand so verhält wie du. Man fühlt sich dann in jeder Hinsicht akzeptiert und frei. Wie gesagt, bei Alina habe ich das nicht empfunden. Manche behaupten, die Männer machten um Alina einen Bogen, weil sie eine Lesbe sei. Das glaube ich nicht. Sie hat einen Mund, eine Muschi und einen Po wie andere auch. Mehr braucht es nicht. Nein, bei Alina fühlen sich viele nicht wirklich angenommen. Ihr fehlt die Hingabe. Das änderte sich seltsamerweise bei unserem damaligen Zusammentreffen, als sie uns zum Schluss zum Höhepunkt bringen sollte. Da war sie plötzlich ganz motiviert. Ich glaube, am liebsten hätte sie es mir ein paar Mal gemacht, ich konnte sie kaum stoppen. Liebchen, ich will dich jetzt nicht zu sehr beeinflussen. Probiere es einfach aus. Klar, solange ihr beide die Sklavinnen von Mark seid, werdet ihr von ihm beherrscht und damit seid ihr euch zumindest im Alltagsleben ebenbürtig. Davon spreche ich aber nicht, sondern nur von eurer Sexualität. Und da glaube ich, wird sich das irgendwann einmal zwischen euch ändern. Wie, das muss sich zeigen.«

Kiara schaute sie lange schweigend an.

»Michelle darf ich dich etwas fragen?«

»Natürlich Schätzchen.«

»Ich war mir nicht ganz sicher, wie du damit umgehst. Meist ist mir so etwas als Sklavin untersagt. Aber weißt du, oft schenke ich mich anderen Menschen mit meinem ganzen Körper und auch mit meiner Seele. Ich freue mich, wenn ich anderen ein Vergnügen bin. Dabei gebe ich sehr viel von mir preis. Aber ich würde gerne auch mal mehr über sie erfahren. Doch meist ist mir das verwehrt.«

»Das ist so ein Punkt, über den ich mit Mark liebend gerne sprechen würde. Ich glaube, du gibst auf diese Weise zu viel. Das kann auf Dauer nicht gut gehen. Aber was wolltest du von mir wissen?«

»Michelle hast du Kinder?«

»Oh ja, ich habe zwei erwachsene Töchter. Sie sind beide längst verheiratet. Die eine lebt in Miami und die andere in Barcelona. Du kannst dir vorstellen, dass ich sie bestenfalls einmal zu Weihnachten oder zu Ostern zu Gesicht bekomme. Ich habe meine Kinder schon Anfang 20 bekommen. Wir waren damals nicht so wie ihr heute. Wir haben erst die Kinder in die Welt gebracht und danach weitergesehen. Wünschst du dir Kinder?«

»Ja, sehr. Ich werde bald 29, und dann beginnt auch langsam bei mir die Uhr zu ticken. Ich habe Angst, den richtigen Zeitpunkt zu verpassen, zumal ich ja zurzeit ganz andere Aufgaben habe. Und ich weiß auch nicht, wie das beides zusammen funktionieren könnte. Ich kann doch nicht abends das Kind ins Bett stecken und mich danach noch anderen Frauen und Männern zur Verfügung stellen, oder doch?«

Michelle lächelte. »Kindchen, du führst ja regelrecht eine neue Vereinbarkeitsdebatte. Du bist die Sklavin von Mark, und andere Frauen sind die Sklavinnen ihrer Arbeitgeber. Ich glaube, für dich ist die Vereinbarkeit leichter zu lösen, zumal es euch ja anders als vielen anderen Paaren nicht an Geld mangelt. Obwohl, Alice Schwarzer schrieb irgendwo einmal, die moderne Frau schiebe heute keine zweifache, sondern eine dreifache Schicht: Beruf, Familie, Sex. Und das in allen drei Bereichen nur vom Professionellsten. Für dich als Sklavin gelten beim Sex sicherlich ganz besondere Anforderungen, da du nicht nur Mark, sondern viele Frauen und Männer zu befriedigen hast.«

»Ja eben!«

»Schätzchen mach dir darüber keine Gedanken, das bekommst du ganz leicht hin. Außerdem hast du noch deine

Freundin, oder? Die hätte dann einen prima Grund, sich gegenüber den Herren der Schöpfung rarzumachen.«

Kiara lachte.

»Michelle, ich habe aber noch eine weitere Frage. Du bist schon etwas älter als ich, aber im Gegensatz zu mir dominant. Was wird mit mir, wenn ich so alt bin wie du?«

»Schätzchen, du bist wirklich süß. Ich kenne auch sehr devote Frauen in meinem Alter. Die sind manchmal sogar gerade bei den jüngeren Herren sehr begehrt. Ein junger Mann erzählte mir unlängst ganz begeistert, er wäre mit einer 55-Jährigen im Bett gewesen, eine ganz elegante Dame. Sie habe sich ihm dabei komplett ungeordnet. Er habe sich die ganze Zeit vorgestellt, er sei mit der Frau seines Chefs im Bett, der ihn im Job nur mies behandelt. Dann meinte er, er wisse nicht, was mit ihm an dem Abend los gewesen sei, er kenne das sonst gar nicht von sich, aber er sei völlig rücksichtslos zu ihr gewesen. Deshalb Kindchen, auch das wird kein Problem sein. Natürlich solltest du dann eher auf edel machen. Eine 50-jährige heruntergekommene Schlampe interessiert kaum jemanden mehr. Aber eine ganz elegante reifere Dame zu einer heruntergekommenen Schlampe zu degradieren, ich glaube, das wünschen sich eine ganze Reihe jüngerer Männer. Das würden sicherlich viele auch von mir wollen, aber denen zeige ich dann sehr schnell, wo der Hammer hängt. Also Liebchen, der Unterschied für dich wird eher der sein: Heute sind deine Lover meist so um die fünfzig, dann noch keine dreißig.«

Kiara schmunzelte.

»Warum lächelst du, Liebchen?«

»Nun, ich hatte da vor einiger Zeit ein bizarres Erlebnis mit einem 18-Jährigen. Das ging so ein wenig in die Richtung. Für einen 18-Jährigen bin ich ja sicherlich heute schon so etwas wie eine 50-Jährige für einen Mann von dreißig.«

»Da kannst du recht haben. Aber Schätzchen, natürlich ist es wichtig, dass du dir im Leben noch andere Ziele setzt. Nur die Sklavin von Mark zu sein, das dürfte dir am Ende nicht genügen. Dass er immer wieder mal ein paar andere junge Dinger neben dir haben wird, das ist bei solchen Männern ganz normal. Das kannst du nur akzeptieren. Selbst wenn du fünfzig bist und er dann schon auf die siebzig zugeht, musst du damit rechnen. Das muss aber überhaupt nichts sagen. Solange man solchen Männern ihre Freiheit lässt, kann dir kaum etwas passieren. Viel wichtiger ist, dass eure Beziehung auf einem soliden Fundament ruht. Und von den Gefühlen her ist das meines Erachtens schon jetzt der Fall, jedenfalls bei Mark. Ja, und wenn ihr dann irgendwann auch noch Kinder habt, dann stimmt doch sowieso alles. Dann musst du nur noch deinen eigenen geistigen Interessen nachgehen. Aber das tust du ja scheinbar schon, Kiara, du schreibst zum Beispiel sehr interessante Artikel.«

»Ach du hast etwas von mir gelesen? Ehrlich gesagt, ich hatte gehofft, keiner würde eine Verbindung zwischen meinen beiden Welten herstellen können.«

»Doch, das war kein Problem. Und es ist ja auch nicht tragisch. Es wissen ja höchstens ein paar Menschen, die dich wirklich kennen und meist dann auch sehr schätzen. Die normalen Leser ahnen ja nichts von deinem Sklavinnen-Dasein. Sie würden sich sicherlich darüber wundern. Wenngleich: Deine Hingabe ist manchmal auch aus deinen Artikeln herauszulesen. Sehr reizend. Wir sollten vielleicht ein anderes Mal darüber diskutieren. So, und nun möchte ich von dir noch zum Höhepunkt gebracht werden, und danach bringe ich dich noch ein letztes Mal bis kurz davor. Für eure Rückfahrt bist du dann wieder so richtig aufgewärmt. Vielleicht kannst du Mark darum bitten, dein Problem auf irgendeinem Parkplatz zu lösen. Obwohl, besser doch nicht. So, wie ich ihn kenne, wird er das gleich ausnutzen und dich meistbietend versteigern.«

Kiara grinste. »Nein, lass mal Michelle. Dann beiße ich lieber die ganze Fahrt auf die Zähne.«

Die beiden Frauen liebten sich die nächste halbe Stunde. Während Kiara im Bad war, zog sich Michelle an. Durch die geschlossene Badezimmertür rief sie ihr zu:

»Ach Kiara. Opium findest du rechts im seitlichen Schränkchen.«

Nach dem Bad ging Kiara direkt auf Michelle zu, stellte sich auf ihre Zehenspitzen und küsste sie auf den Mund. Auf ihren hochhackigen Schuhen war diese nun ein ganzes Stück größer.

»Danke Michelle. Der Abend mit dir hat mir wirklich sehr gut getan. Du bist eine sehr kluge und erfahrene Frau. Ich würde mich sehr über ein Wiedersehen mit dir freuen.«

»Schätzchen, das wünsche ich mir auch. Aber ich werde auch sonst noch ein wenig auf dich aufpassen. Ja?«

Noch einmal küsste Kiara sie intensiv. Sie genoss es, die Hände Michelles auf ihrem Körper zu spüren.

»So, und nun komm Schätzchen. Wir wollen mal sehen, was unsere beiden Helden so machen.«

»So? Soll ich mich nicht erst noch anziehen?«

»Nein, komm. Wenn es draußen nicht so kalt wäre, dürftest du gleich auch noch ganz nackt ins Auto steigen. Dann könnte mein Mann sich bis ganz zum Schluss an dir erfreuen beziehungsweise von dir träumen. Aber du kannst deine Sachen unmittelbar bevor ihr losfahrt wieder anziehen. Komm jetzt.«

Mark, David, Michelle und Kiara unterhielten sich noch etwa eine halbe Stunde im Wohnzimmer. Während Kiara auf Davids Schoß saß, erforschte er mit seinen Händen ihren Körper. Michelle berichtete ihm derweil von ihren

Vorzügen. Doch dann war die Zeit gekommen und Mark und Kiara brachen auf.

RÜCKFAHRT

Mark schaltete die Scheibenwischer an. Die Nacht war kühl und regnerisch.

»Hast du dich gut mit Michelle unterhalten?«

»Ja sehr gut, sie ist eine sehr interessante Frau.«

»Und was habt ihr gemacht?«

»Sie hat mir die Liebe unter Frauen gezeigt. Jetzt bin ich süchtig.«

»Liebling möchtest du das Gespräch auf dem gleichen Niveau wie auf unserer Hinfahrt führen? Wie oft bist du bei ihr gekommen? Du weißt, du hattest heute von mir keine Erlaubnis.«

»Ich bin bei ihr nicht gekommen. Aber das ist jetzt genau mein Problem. Mark, ich bin dermaßen spitz. Wenn Alina mir heute Abend einen Gutenacht-Kuss gibt, dann kann ich für nichts mehr garantieren.«

Sie schob ihr Kleid bis zur Hüfte hoch.

»Mark, kannst du es mir nicht eben besorgen? Es ist wirklich schlimm, ein Notfall sozusagen.«

Er griff ihr in den Schritt, machte aber keine weiteren Anstalten, sie zu befriedigen.

»Gleich kommt eine Raststätte. Wir schauen einmal, ob es dort eine Gelegenheit gibt. Jetzt bei dem Tempo ist mir das zu gefährlich. Am Ende verliere ich noch die Kontrolle über den Wagen. Es ist heute ziemlich glatt hier draußen.«

Schon bald bogen sie zur Raststätte ab. Mark stieg kurz aus und kam mit drei Kondompackungen zurück. Dann lenkte er sein Fahrzeug auf den Lkw-Parkplatz. Irgendwo am hinteren Ende standen drei Fahrer beisammen und unterhielten sich. Mark hielt an.

»Hi, habt ihr Lust meine Freundin durchzuvögeln? Sie ist ziemlich notgeil heute Abend und braucht dringend Hilfe. Ihr könnt sie direkt auf meiner Motorhaube rannehmen, und zwar so oft ihr wollt. Aber nur mit Kondom und nur in ihre enge Fotze, sonst nirgendwo. Kondome habe ich dabei. Wäre das was?«

»Was soll es denn kosten?«

»Ähm, 10 Euro für jeden?«

»Können wir die Kleine mal sehen?«

»Kiara, komm raus, heb deinen Rock an und zeig dich den Männern.«

Kiara gehorchte.

»Mann, die Kleine ist heiß.«

Mark einigte sich mit den Fahrern. Dann legten die Männer Kiara auf die noch warme Motorhaube und nahmen sie abwechselnd jeweils zweimal ran. Sie kam sofort und etwas später dann noch ein zweites Mal. Nach einer halben Stunde war alles vorbei.

Fröstelnd stieg sie wieder in den Wagen.

»Geht es dir jetzt besser?«

»Etwas.«

»Bist du gekommen?«

»Schon nach zehn Sekunden.«

»Hatte ich dir das erlaubt?«

»Mark, bitte! War das nicht bereits Strafe genug?«

»Was für eine Strafe? Ich habe einer läufigen Hündin gerade einen Super-Fick besorgt.«

»Aber nur mit Männern!«

Auf der restlichen Fahrt schwiegen sie. Kiara ahnte es: Sie war zu weit gegangen. Noch heute Nacht würde sie die Peitsche zu spüren bekommen.

GEBURTSTAG

VORABEND

Es war Mittwochabend und Mark und Michael hatten mal wieder »Strategiesitzung«. Gewöhnlich saßen sie dann nach 21 Uhr zusammen, um verschiedene Geschäftsunterlagen zu sichten oder neue Business Opportunities zu besprechen. Auch Kiara und Alina nahmen an den Gesprächen teil.

Mark und Michael trugen meist legere Businesskleidung, die beiden Frauen nur ihre Halsbänder.

Kiara liebte diese Abende, für sie waren sie ein Höhepunkt der Woche. Meist schmiegte sie sich dann an einen der beiden Männer, während dieser gedankenverloren mit ihren Knospen spielte oder ihr feuchtes Lustzentrum erkundete. Und hin und wieder bekam sie auch einen Kuss.

Kiara befand sich dann in einem Zustand völliger Entspanntheit. Ganz selbstverständlich streckte sie den Männern all das entgegen, was sie zu berühren oder sich zu nehmen gedachten.

Im Winter traf man sich meist im Wohnzimmer, wo zu diesem Zwecke ein wärmendes Kaminfeuer loderte. Kiara stellte sich dann immer vor, sie befände sich inmitten einer Horde steinzeitlicher Jäger, die sich abends am Lagerfeuer versammelten, um von ihren Heldentaten zu berichten und ein wenig mit den Frauen zu spielen. Später würde man sie noch gemeinschaftlich nehmen und vielleicht auch schwängern. Sie würde dann eins mit dem Universum sein.

Allerdings war sie in diesen Sitzungen mehr als ein Vergnügen der Männer. Mark schätzte ihr neutrales und unvoreingenommenes Urteil, und so beteiligte sie sich nicht selten auch an den strategischen Überlegungen. Mark war es anzusehen, wenn er mal wieder ganz besonders mit ihr zufrieden oder gar von ihr beeindruckt war. Meist packte er sie dann, setzte sie vor sich hin, legte eine Hand in ihren Schritt, die andere auf ihre Brust, um anzumerken:

»Schaut mal, was jetzt mit unserer Kiara geschieht.«

Er ließ sie dann zwei- oder dreimal ihren Höhepunkt erreichen, wobei sie die ganze Zeit den liebenden Blick Alinas auf sich spürte. Manchmal waren auch weitere Gäste zugegen, was sie aber nicht störte. Längst war es für sie zu einer Selbstverständlichkeit geworden, sich anderen und sogar ihr fremden Personen gegenüber so zu präsentieren. Er hatte sie schließlich gut erzogen. Ihre Sexualität gehörte ihm, und so war es für sie sein natürliches Recht, nach seinem Belieben über sie zu verfügen.

Kiara richtete ihren Blick auf die in einer Zimmerecke langsam vor sich hintickende antike Pendeluhr. »Noch eine Stunde, dann habe ich Geburtstag. Er wird ihn bestimmt längst vergessen haben«, dachte sie in sich hinein.

Kiara hatte ihren Geburtstag ihm gegenüber nur einmal beiläufig erwähnt. Alina wollte Mark am Vortag noch einen Hinweis geben, doch Kiara bremste sie rigoros: »Alina, wir beide sind Sklavinnen. Wenn er danach fragt, dann antworte ihm, aber ich werde mich nicht aufdrängen und ich möchte auch nicht, dass du das für mich tust. Er soll entscheiden.«

Kiara lehnte sich gerade entspannt an Michael an, seine tastenden Finger in ihrer immer feuchter werdenden Spalte spürend, als Mark die Sitzung beendete.

»Michael, ich denke, wir sind mit unseren Themen für heute durch, lass uns über andere Dinge reden.«

Sein Blick wandte sich Kiara und Alina zu. »Übrigens, Ellen hat euch beide angefordert.«

Der Satz traf die beiden Frauen fast wie ein Hammerschlag. Sie sahen sich entsetzt an.

GEBURTSTAG

»Was schaut ihr beiden denn so? Ellen ist eine Herrin und hat nach euch verlangt. Und was könnte natürlicher sein, als seine Sklavinnen mit seinen Freunden und Geschäftspartnern zu teilen? Oder was ist jetzt gerade mit euch los?«

Kiara nahm sich ein Herz:

»Mark, bitte! Ich bin deine Sklavin. Du kannst alles mit mir machen, du kannst mich auch zu Ellen schicken, aber bitte Alina nicht, bitte!«

»Ach, das ist ja interessant, Liebling. Woher willst du denn wissen, dass Ellen mit dir sanfter umspringen würde als mit Alina? Schließlich hast du ihr doch die Sklavin ausgespannt. Also wenn ich mir jetzt einmal den Hut von Ellen aufsetzen darf, dann wäre ich vor allem auf dich sauer. Mir fielen da auch gleich eine ganze Menge Dinge ein, die ich mit dir anstellen würde. Aber lass mal, die hebe ich mir lieber für mich selbst auf, da habe ich mehr davon!«

»Mark, bitte! Das ist mir alles egal. Sie soll mit mir machen, was sie will. Du kannst ihr auch vorher deine Gemeinheiten mitteilen, dann könnte ich das alles sogar besser ertragen, weil es ja auch deine Ideen sind. Aber bitte, lass Alina da raus.«

»Nun, sie hat ganz offiziell bei mir angefragt, und noch habe ich keinen vernünftigen Grund vernommen, warum ich meine Sklavinnen, die ja mein Eigentum sind, und die ich nach Lust und Laune anderen zur Verfügung stellen kann, Ellen nicht aushändigen sollte. Sie will euch ja auch nicht für immer, sie sprach lediglich von drei Monaten.«

»Drei Monate? Oh Mark, bitte. Du kannst Alina nicht für drei Monate Ellen geben. Bitte! Gib ihr stattdessen mich für sechs Monate, ja?«

»Du willst für sechs Monate zu Ellen? Meine kleine Lesbe scheint Sehnsucht nach Ellen zu haben. Macht sie es dir denn so viel besser als ich?«

»Mark, bitte! Du weißt genau, was ich meine. Ich möchte nicht zu Ellen, ich möchte sogar nie wieder zu Ellen. Aber bevor du Alina noch einmal zu Ellen schickst, gehe ich lieber für sechs Monate ganz alleine zu ihr. Aber bitte bitte Mark, gib ihr Alina nicht, sie bitte nicht!«

»Und warum? Bisher vernehme ich nur dein Flennen, aber keine ernsthaften Gründe, ich sagte es bereits. Eine gute Sklavin akzeptiert die Entscheidungen ihres Herrn, und zwar ohne Wenn und Aber und ohne zu flennen. Nach wie vor habe ich den Eindruck, du willst mir nur Alina ausreden, damit du zu Ellen darfst. Am Ende schickt sie mir dann eine ausgebildete Feministin zurück, he?«

»Ellen eine Feministin? So wie ich eine Lesbe?«

»Liebling, du bewegst dich langsam aber sicher auf einen ganz ganz schmalen Grat zu. Kann es sein, dass du heute noch ein wenig die Peitsche spüren möchtest, he? Ich glaube Michael hätte da auch mal Lust zu, ich muss das ja nicht immer alles selber machen. Oder vielleicht lasse ich dich zur Abwechslung durch Alina auspeitschen. Dürfte für euch doch ein reines Vergnügen sein. Natürlich ist Ellen eine Feministin, da macht sie doch überhaupt keinen Hehl draus.«

»Sorry Mark, ich wollte dir nicht widersprechen, das war ungezogen von mir. Aber vielleicht kannst du mir das einmal erklären: Ellen hasst Frauen, hat sie mir jedenfalls gesagt. Und Lesben hasst sie erst recht. Wenn hier jemand Feministin ist, dann doch eher ich!«

»Eine Feministin in meinen Klauen: wunderbar! Davon habe ich mein Leben lang geträumt! Soso, du bist also Feministin, dass ich nicht lache! Liebling, Ellen ist eine beruflich erfolgreiche Unternehmensberaterin. In ihrem Beruf konkurriert sie in erster Linie mit Männern. Sie möchte denen in nichts nachstehen. Warum auch? Aber für sie zählt nur die Leistung, und daraus zieht sie ihre gesamte Anerkennung. Sie scheint ihren Job auch zu beherrschen, denn ich höre allgemein nur sehr viel Gutes über sie. Du kannst dir sicherlich vorstellen, dass jemand wie du eine Provokation für sie ist. Du bist für sie eine Gans, ein Chicken, ein dummes Huhn mit einem hübschen Körper. Du hinterlässt bei den Männern einen nachhaltigeren Eindruck als sie mit all ihren klugen Analysen. Das tut weh. Und das möchte sie Frauen wie dir gerne heimzahlen. Was glaubst du, warum sie auf der Party von Joachim auftaucht? Sie ist dann gleich, gleich mit uns, gleich mit den Wölfen. Und wenn sie so eine Hübsche wie dich in die Finger bekommt und sie peinigen und erniedrigen kann, dann erniedrigt sie all das, was sie hat abstreifen müssen, um die Anerkennung zu bekommen, die sie jetzt hat. Sie hat es mir mehrfach erzählt: Es mache sie geil, eine wie euch zu quälen, weil ihr nichts im Kopf habt und sogar meint, ihr dürftet euch die ganze Zeit wie ein dummes Weibchen benehmen.«

»Mark, hast du in der letzten Zeit ein paar psychologische Ratgeber gelesen? Seit wann denkst du denn über solche Dinge nach?«

»Alina, hol doch bitte einmal die Paddelpeitsche aus meinem Arbeitszimmer.«

»Das macht mir nichts Mark, ich bin deine Sklavin, du entscheidest über mich. Aber mir ist das Thema sehr wichtig. Bin ich für dich auch nur so ein dummes Huhn, ganz im Gegensatz zu Ellen? Über mich als Feministin hast du dich ja gerade schon mächtig lustig gemacht.«

»Nein, Kiara, und das weißt du auch. Stell nicht solche Fragen! In meinem Beruf geht es in erster Linie um Sachentscheidungen, um Kosten und Nutzen. Ich investiere nur in Dinge, die sich vermutlich einmal rechnen werden. Da ist es dann ganz wichtig, dass von den an den Entscheidungen beteiligten Personen keine störenden Signale ausgesendet werden. Das gilt übrigens sowohl für Frauen wie für Männer. Auch schwule Männer dürfen in ernsthaften Geschäftszusammenhängen nicht mit ihrer Körperlichkeit agieren. Die Sexualität bleibt also grundsätzlich außen vor, jedenfalls dann, wenn es um etwas geht. Gegenüber einer Sekretärin mag das schon einmal anders sein, die darf ruhig ganz Frau sein, so wie ihr bei unseren abendlichen Sitzungen. Aber Geschäfte machen ist mehr oder weniger das gleiche, wie zur Jagd gehen. Da kommt es dann auf Strategie, Taktik, Kooperation, Ideen, Verhandlungsgeschick und all diese Dinge an, während Sexualität und Gefühle außen vor bleiben müssen. Eine Frau ist in diesem Moment für mich dann ein Neutrum, eine Gleiche unter Gleichen. Sie ist dann zwar mir gegenüber gleichberechtigt, und ich behandele sie auch entsprechend, sie verliert dabei aber ihr Geschlecht und ihre Sexualität. Das ist letztendlich der Preis, den auch Ellen zu zahlen hat. Im Prinzip ändert sich das selbst nach Feierabend nicht. Auch bei Einladungen bleibt sie in erster Linie die kompetente Beraterin, und man unterhält sich dann vorwiegend über solche Themen mit ihr. Und dann kommt noch etwas anderes hinzu. Sie ist in vielen Dingen brillant. Nur, welcher Mann kann ihr dann auf Dauer genügen? Nach kurzer Zeit würde sie ihn übertrumpfen und zum Mittelmaß degradieren. Das will wiederum kaum ein Mann. Und mit irgend so einem jugendlichen Muskelpaket wird sie sich sicherlich auch nicht zufriedengeben. Ich weiß gar nicht, was es da eigentlich die ganze Zeit zu grinsen gibt.«

»Nichts, Mark. Ich staune nur.«

»Alina, gib Kiara 20 Schläge auf ihren Po, 10 auf jede Seite. Aber so fest, wie du kannst.«

Alina tat wie ihr befohlen, doch Kiara spürte keinen Schmerz. Für sie geschahen die Schläge aus Liebe und deshalb bot sie sich den Peitschenhieben ganz besonders an.

»So, ich hoffe, wir können jetzt wieder zum Thema zurückkehren. Nun weißt du auch, warum Ellen zur Party von Joachim eingeladen war. Sie ist Jägerin wie wir, und so behandeln wir sie auch. Sie möchte sich nach der Jagd noch mit ein paar Mädchen entspannen, wir wollen das auch. Der

Unterschied ist nur: Für sie sind die Mädchen minderwertig. An ihnen haftet noch immer ganz viel verabscheuungswürdige Weiblichkeit, die sie ablegen musste, um Jägerin zu werden. Für Michael und mich sind die Mädchen in erster Linie Vergnügen. Und sie sind natürlich Frauen. Sie sind anders als wir, aber darum nicht minderwertiger. Und dass ich deine geistigen Qualitäten ganz besonders schätze, das dürfte dir doch bislang wirklich nicht entgangen sein.«

»Ich verstehe immer noch nicht, was das mit Feminismus zu tun haben soll. Kann es sein, dass du mich heute Abend ärgern möchtest?«

»Liebling, Alina darf gleich mit ihrem Werk fortfahren, du musst nur so weitermachen. Es scheint dir wohl regelrecht Spaß zu machen.

Ich bin kein Experte in Feminismus, da solltest du Ellen vielleicht besser selbst fragen, dazu hast du demnächst alle Zeit der Welt. Ich weiß nur, dass sie sich selbst eine Feministin nennt. Für sie gibt es einen biologischen Unterschied zwischen Frauen und Männern, aber offenbar keinen sozialen. Wenn es soziale Unterschiede gibt, dann, weil wir Männer die Frauen unterdrückt haben und das auch noch weiterhin tun. Gemäß ihrer Auffassung sind Frauen nicht per se dumm, sondern wir Männer haben sie zu dummen Hühnern erzogen. Und wenn dann eine wie du daherkommt, ihre Weiblichkeit offen zeigt, und am liebsten auch noch von einem Mann erzogen werden will, dann bist du eben tatsächlich ein dummes Huhn, jedenfalls in ihren Augen. Du würdest wahrscheinlich genau andersherum argumentieren. Du sagst dir: ›Ich fühle mich weiblich und möchte das auch sein. Ich unterwerfe mich einem Mann, weil es mein weiblicher Wunsch ist. Und dieser Wunsch ist nicht anerzogen, sondern Teil meiner Biologie. Ich trete für das Recht ein, zu meiner Biologie zu stehen. Für mich bin ich dadurch nicht minderwertig, sondern nur weiblich.‹ Also jedenfalls so oder so ähnlich habe ich dich bislang verstanden.«

»Das hast du sehr schön zusammengefasst, Mark. Ja, aber wenn du das alles weißt, wie kannst du denn das mit Ellen und uns machen? Du sagst es doch die ganze Zeit selbst. Ellen ist grausam. Sie will nur demütigen. Und Ellen hasst Alina. Sie wird alles versuchen, sie zu zerstören. Selbst wenn sie zurückkommt, wird sie nicht mehr die gleiche Alina wie vorher sein. Vielleicht wirst du dann sogar nicht mehr so viel Spaß mit ihr haben können, und der ist dir doch offenbar sehr wichtig.«

»So richtig überzeugt haben mich deine Ausführungen bislang nicht. Ich habe abgelehnt.«

»Ach Mark, bitte! Warum lehnst du meinen Wunsch ab? Kann ich denn gar nichts daran ändern? Was kann ich tun, damit du deine Entscheidung noch einmal überdenkst? Ich mache wirklich alles. Bitte!«

Kiara war verzweifelt. Über ihre Wangen kullerten die ersten Tränchen.

Mark zeigte sein breitestes Grinsen. Kiara fuhr irritiert herum und blickte in das ebenfalls grinsende Gesicht Michaels. »Mark hat abgelehnt. Es fragt sich nur, was?«

Kiara überlegte. Seine Worte waren: ›Deine Ausführungen haben mich nicht überzeugt. Ich habe abgelehnt.‹ Das machte irgendwie keinen Sinn.

»Hast du etwa Ellens Wunsch abgelehnt?«

»Gratuliere! Die Kandidatin hat 99 Punkte. Ich habe ihr Anliegen abgelehnt. Wenn sie euch beide haben will, dann nur hier und auch nur für einen Tag. Und außerdem schaut dann einer von uns beiden zu. Alles andere ist mir bei ihr zu riskant, jedenfalls bei der Vorgeschichte. Und du kennst doch meine Meinung: Frauen kann man einfach nicht trauen.«

Augenblicklich sprang Kiara auf, stürzte auf Marks Sessel zu und gab ihm einen langen und intensiven Kuss.

»Welch ungebührliches Verhalten meiner Sklavin. Haben die Schläge eben denn überhaupt nichts bewirkt? Michael, hilf mir mal bitte, Kiara wieder zur Räson zu bringen!«

Beide Männer standen auf und entledigten sich ihrer Kleidung. Mark legte sich rücklings auf die Couch und wies Alina an, sich um sein Glied zu kümmern. Dann bat er Kiara, sich auf ihn zu setzen. Kaum hatte sie ihn vollständig in sich aufgenommen, zog er sie auch schon auf sich herab. Nun näherte sich ihr Michael von hinten und drang langsam, aber nachdrücklich in ihre engste Stelle ein. Die beiden füllten sie nun restlos aus.

Mark gab Alina einen Wink:

»Komm her Alina, und küsse deine Freundin, aber mit der ganzen Zunge, wenn ich bitten darf.«

Mark und Michael bewegten sich mit kräftigen Stößen in ihr hin und her.

»Mark, so kann ich das nicht aufhalten. Ich sage es lieber gleich, aber wenn ihr so weitermacht, werde ich unweigerlich kommen.«

»Okay Liebling, wir werden es etwas ruhiger angehen lassen, dann hast du auch mehr davon.«

So ging es noch eine Zeit lang weiter. Die Männer bewegten sich langsam und doch intensiv und fordernd in ihr. Alina und Kiara küssten sich dabei. Als die Pendeluhr zur vollen Stunde schlug, beschleunigten und verstärkten die beiden Männer ihre Stöße wieder.

»Mark, ich werde gleich kommen, ihr müsst langsamer machen.«

»Nein, wir werden nichts dergleichen tun. Du hast dich zurückzuhalten. Wenn du das nicht schaffst, ist das dein

Problem. Du kennst die Strafe ja! Dir ist es nicht gestattet, zu kommen.«

Kiaras Atem beschleunigte sich. Sie konzentrierte sich auf ihre taoistischen Techniken und versuchte verzweifelt, sich zurückzuhalten. Doch irgendwann ging es einfach nicht mehr. Schließlich explodierte alles in ihr und sie kam, am ganzen Körper bebend. Doch die beiden Männer hörten nicht auf, sondern intensivierten ihre Stöße noch. Ein nicht enden wollender Orgasmus war die Folge. Alina hatte dabei das Gesicht Kiaras in ihre Hände genommen, um sie noch eindringlicher küssen zu können. Kiara spürte Alinas Zunge und Lippen. Ihr Kopf war jetzt ganz leer. Sie bestand nur noch aus Öffnungen, die dazu dienten, Liebe zu empfangen. Dann zuckten die Glieder der beiden Männer und ihr warmer Saft ergoss sich in ihren Unterleib. Mit ihren Lippen auf den Lippen Alinas blieb sie schließlich erschöpft liegen.

Mark war der Erste, der wieder Worte fand:

»Herzlichen Glückwunsch zu deinem Geburtstag, Liebling.«

Mark küsste sie auf den Mund. Auch Michael und Alina gratulierten ihr.

»Du Schuft! Gib zu Mark, du hast das mit Ellen nur erfunden. Und mir erzählst du immer, den Frauen könnte man nicht trauen. Aber was ist mit dir? Das war doch bestimmt ein ganz mieser Trick von dir eben, oder?«

»Nein, nein, Liebling. Ellen hat wirklich nach euch verlangt. Aber ich habe euch nicht hergegeben. Sie kann euch hier bei mir haben und auch nur für wenige Stunden, das muss sie akzeptieren. Hat sie auch. So, Alina, schau mal zu, dass kein Tropfen unseres wertvollen Saftes verloren geht. Saug alles auf. Und sollte deine Freundin dabei kommen, dann ist ihr das heute ausnahmsweise einmal gestattet.«

GEBURTSTAG

Die freudige Erregung Alinas war ihr anzusehen. Sofort machte sie sich zwischen den Beinen Kiaras ans Werk. Als Kiara schließlich noch zweimal kam, küsste Mark sie jeweils auf den Mund.

Kiara wollte gerade erschöpft in den Schlaf versinken, als Mark ihr ins Ohr flüsterte:

»Liebling, für heute Abend habe ich noch ein kleines Geburtstagsgeschenk für dich. Möchtest du es jetzt haben?«

Kiara war sofort wieder hellwach. »Natürlich jetzt. Bei so etwas kann ich ganz schlecht warten.«

»Okay, hier ist dein erstes Geschenk: Du hast den ganzen heutigen Tag Urlaub von deinem Sklavinnen-Dasein. In dieser Zeit wird dir Alina als deine persönliche Sklavin unterstellt.«

Kiara riss ihre Augen weit auf.

»Du meinst, ich bin heute keine Sklavin mehr? Ich bin frei? Den ganzen Tag?«

»Ja.«

»Und ich muss mich dann für nichts rechtfertigen?«

»Nein.«

»Ich kann den ganzen Tag freche Dinge sagen?«

Mark lachte. »Ja.«

»Und ich werde anschließend auch nicht bestraft?«

»Nein.«

»Und ich kann mich im Bett mit Alina ganz gehen lassen?«

»Natürlich.«

»Aber, ich glaube, so richtig Spaß wird mir das dann doch nicht machen, denn Alina ist ja noch Sklavin.«

»Ja, das schon, aber deine. Du könntest ihr zum Beispiel die Peitschenhiebe von vorhin gleich noch zurückgeben, nur so mal als Tipp. Auch kannst du sie züchtigen, wenn sie sich bei dir im Bett nicht zurückhält. Jedenfalls heute.«

»Aber wenn ich es ihr erlaube, dann könnte sie doch mit mir zusammen zum Höhepunkt kommen, oder?«

»Liebling, du bist doch sonst nicht so begriffsstutzig. Alina ist für heute ganz exklusiv deine Sklavin. Natürlich kannst du ihr ebenfalls einen Tag Sklavinnen-Urlaub gewähren, dann seid ihr beide für heute frei und somit auch gleichgestellt. Vielleicht fällt dir das leichter. Ich würde es dir aber nicht unbedingt empfehlen.«

»Warum? Wirst du mir das dann verübeln?«

»Nein, aber überleg doch mal. Du bist eben ein paar Mal gekommen, bei uns und bei ihr. Vielleicht willst du sie ja einmal ganz für dich haben, ohne Wenn und Aber. Warum soll sie immer nur für uns Männer die Beine breitmachen?«

Kiaras Blick wanderte langsam über Alinas Körper, berührte ihre Lippen und Brüste, um schließlich auf ihrem Venushügel zur Ruhe zu kommen. Sie gab Mark und Michael einen Kuss. »Wir sehen uns morgen früh. Gute Nacht ihr beiden.« Sie nahm Alina bei der Hand. »Komm Liebste, es ist noch früh am Abend, und ich habe noch einiges mit dir vor. Aber erst gehen wir deine Handschellen holen.«

Mark und Michael lächelten ihnen hinterher.

KAFFEE UND KUCHEN

»Miriam, Miriam! Kannst du mir einen großen Gefallen tun. Bringst du uns bitte fünf Stücke Kuchen mit, wenn es geht, dann von Hollhorst am Römer.«

GEBURTSTAG

Miriam wollte gerade aufbrechen, als sie Kiaras Telefonanruf erreichte.

»Klar, Liebes, kann ich machen. Darfst du denn heute zur Feier des Tages Kuchen essen?«

»Ja, erzähle ich dir später. Und kannst du auch etwas Eis von einer der italienischen Eisdielen dort in der Nähe mitbringen? Vielleicht insgesamt zehn Kugeln, vier Vanille, drei Schokolade und drei Erdbeere. Und bitte noch einen Topf Schlagsahne. Geht das? Das Geld gebe ich dir dann später, okay?«

»Ich habe noch zwei Becher Schlagsahne bei mir im Kühlschrank. Die könnte ich dir stattdessen anbieten. Wir schlagen sie dann frisch bei dir.«

»Ja, super! Miriam, ich freue mich riesig auf dich. Bis gleich.«

Im Laufe des Tages riefen zahlreiche Freunde und Bekannte und schließlich auch Kiaras Eltern und Geschwister an, um ihr zum Geburtstag zu gratulieren. Einige ihr besonders zugewandte Personen ließen es sich nicht nehmen, sie persönlich aufzusuchen und ihr Geschenke zu überreichen. Auch Dr. Feldmann war dabei.

Miriam kam am Nachmittag zur besten Kaffeezeit. Alina hatte alles perfekt vorbereitet, und so fand man sich dann irgendwann im vorgeheizten und reich gedeckten Wintergarten ein.

Es entspann sich ein lockeres Gespräch, bei dem Mark den Anfang machte.

»Drei Frauen und zwei Männer. Da hätte ich ja ruhig noch jemanden einladen können.«

»Wieso?«, wandte Michael ein. »Die beiden Frauen gehören doch dir. Dann passt es doch wieder.«

Miriam errötete leicht, doch Kiara war nicht geneigt, auf ein neutraleres Thema zu wechseln. »Ich gehöre heute niemandem und Alina gehört mir. Wie ich es sehe, sind da zwei Männer und eine Frau, oder nicht?«

Miriam lief nun richtig rot an. Sie versuchte, das Gespräch in eine andere Richtung zu lenken.

»Liebes isst du jetzt wieder Kuchen, oder ist das heute nur eine Ausnahme?«

»Mark hat mir zum Geburtstag einen Tag Urlaub geschenkt«, erwiderte Kiara. »Und den wollte ich gleich so richtig ausnutzen.«

»Einen Tag Urlaub? In Deutschland haben die meisten Menschen dreißig Tage Urlaub, das soll selbst für Sklavinnen gelten.«

Eine solche offenkundige Provokation wollte Mark nicht unbeantwortet lassen. »Miriam, von mir aus könnte sie liebend gerne dreißig Tage Urlaub im Jahr haben. Aber du siehst es doch: Schon am ersten Tag schlägt sie über die Strenge. Sie ist zurzeit richtig gut in Form. Stell dir jetzt nur vor, ich würde ihr dreißig Tage freigeben. Wir könnten wieder ganz von vorne anfangen. Das möchte ich natürlich vermeiden, wie du dir sicherlich vorstellen kannst.«

Erstaunt blickte Miriam Kiara an. »Du bist richtig gut in Form? Musst du jetzt regelmäßig ins Fitnessstudio. Das war doch sonst nicht so dein Fall.«

»Ja eben«, gab Mark zu bedenken. »Deswegen musste ich ja etwas tun. Aber jetzt ist sie schon richtig schön ausdauernd, nicht wahr Michael?«

Miriam errötete erneut. Kiara lächelte sie liebevoll an.

»Miriam, lass dich von den beiden nicht provozieren. Ich habe heute frei, mir können sie nichts anhaben, und da scheinen sie dich wohl etwas stärker ins Visier zu nehmen.«

»Solange es beim Ärgern bleibt, ist das ja Okay. Und du Alina, hast du heute auch frei?«

»Nein, ich bin heute die Sklavin von Kiara.« Dabei schaute sie wie die glücklichste Frau der Welt drein.

»Das ist ihr aber nicht besonders gut bekommen«, unterbrach Mark. »Bei uns wird sie normalerweise nicht so hart rangenommen.«

Kiara lächelte. »Miriam, glaub ihm bitte kein Wort.«

»Mark, bekomme ich an meinem Geburtstag auch einen Tag frei?«, wollte Alina plötzlich wissen.

Triumphierend klatschte Mark in die Hände. »Siehst du, Miriam, ich hatte recht! Alina fragt schon nach, weil sie sich ganz fürchterlich revanchieren möchte. Diese Nacht muss schrecklich gewesen sein. Vielleicht hätte ich vorher eine versteckte Kamera installieren sollen. Das wäre jetzt bestimmt der Renner im Internet.«

»Schon möglich«, beeilte sich Alina anzufügen.

Miriam errötete vollends, während sich Mark bemühte, sein finsterstes Gesicht aufzuziehen. Sein Ton war streng. »Kiara! Alina ist heute deine Sklavin. Willst du ihr diese freche Bemerkung etwa durchgehen lassen? Wer hat sie überhaupt nach ihrer Meinung gefragt?«

»Mark, ich verzeihe meiner Sklavin diesen Ausrutscher.«

Marks Gesichtszüge entspannten sich ein wenig: »Alina, ich kann dir das jetzt noch nicht versprechen. Ich entscheide diese Dinge immer ganz spontan. Kiara könnte dir heute Abend freigeben und sich selbst zu deiner Sklavin machen. Das kann sie alles ganz frei entscheiden, jedenfalls bis 24 Uhr. Doch wie ich dieses Luder kenne, wird sie das natürlich nicht tun. Du Ärmste. Ich werde dich in mein abendliches Gebet einschließen. Es war vielleicht ein Fehler, dich zur Sklavin von Kiara zu machen. Frauen können so grausam sein, aber das weißt du ja ohnehin schon selbst.«

Miriam schaute verlegen zur Decke. Sie bemühte sich erneut um einen Themenwechsel: »Kiara, hast du eigentlich noch einmal etwas von Lissy gehört?«

Mark unterbrach sie energisch. »Ach, läuft da doch etwas? Sprich!«, wandte er sich scharf an Kiara.

»Mark, ich müsste eigentlich gar nicht antworten, da ich heute freihabe. Aber da ich genau weiß, dass die Antwort spätestens heute Abend um null Uhr eins aus mir herausgeprügelt würde, sage ich es lieber gleich.«

»Ja, das kann ich dir nur wirklich raten. Also, raus damit! Schön, dass du schon selber darauf kommst!«

»Mark, ich kann dich beruhigen, da läuft absolut nichts. Miriam und ich saßen an einem der letzten Sommertage auf einem Mainschiff am Eisernen Steg, als plötzlich Lissy und ihre Freundin Ayisha auf Skates heranrollten. Ja und da haben wir vier uns eine Stunde lang unterhalten. Das war alles. Danach habe ich sie und natürlich auch Ayisha nicht mehr wiedergesehen. Wie auch? Ich kenne ja weder ihre Namen noch Adressen.«

»Ach, und wenn, dann würdest du mit den beiden Kindern ins Bett gehen, ja?«

»Mark, erstens sind das keine Kinder mehr, Lissy sowieso nicht, und zweitens habe ich kein Interesse an denen, dafür sind sie zu verschieden von mir. Ich kann mir auch nicht vorstellen, dass das zwischen den beiden Mädchen sehr lange gut geht. Ich glaube, das ist eine momentane Schwärmerei. Wenn bei einer der beiden der richtige Mann auftaucht, dann ist das schon bald wieder alles vorbei.«

»Dann kann sich ja Jonas wieder um Lissy kümmern.«

»Ach Mark, der Jonas. Der soll erst einmal seine Probleme in den Griff bekommen, vor allem mit seiner Lehrerin. Lissy ist momentan viel zu schade für Jonas.«

»Was hat er denn mit seiner Lehrerin?«

Kiara erzählte ihm ihr Erlebnis mit Jonas.

»Ach du Schande. Kiara, warum hast du mir das nicht erzählt? Das muss ja eine Zumutung für dich gewesen sein! Und ich habe dich dann auch noch zu Viktor geschickt!«

»Mark du hast nicht gefragt. Heute bin ich mal keine Sklavin und dann kann ich dir so etwas auch erzählen. Aber sonst sage ich nur das, wonach du fragst. Aber lass nur. Für mich ist das so schon in Ordnung mit dir und mir. Wenn es anders wäre, würde ich es dir heute sagen, bestimmt! Es ist schön mit dir, und zwar jeden Tag.«

Sie gab ihm einen Kuss.

Mark schaute hastig auf seine Armbanduhr. »Liebling, ich muss jetzt leider noch einmal ins Büro. Aber ich denke, du kommst auch ohne mich klar.«

»Mach's gut, Mark, bis heute Abend. Und danke noch einmal für alles.«

Er war noch nicht ganz zur Türe hinaus, als sich Michael erhob. »So, und damit die beiden Turteltäubchen noch etwas für sich sein können, zeige ich Miriam das Haus. Okay, Miriam?«

»Ja gerne, das würde mich schon interessieren. Aber keine Übergriffe, bitte! Ich habe einen festen Freund.«

Michael lächelte nur. Dann verschwanden die beiden im Haus.

Kiara und Alina zogen sich noch einmal in ihr Zimmer zurück, um ein wenig zärtlich miteinander zu sein. Danach räumten sie den Kaffeetisch ab.

Eine halbe Stunde später kehrte Miriam zurück. Sie schien sehr verwirrt zu sein.

»Hallo Miriam, da wart ihr ja ganz schön lange im Haus unterwegs. War es interessant für dich? Wo ist Michael?«

»Der musste weg.«

»Miriam ist etwas mit dir? Du wirkst extrem nervös.«

»Scheiße! Ich habe mit Michael gefickt.«

»Was hast du? Er hat dir doch hoffentlich nichts angetan?«

»Nein, Liebes. Er hat mich nach allen Regeln der Kunst angebaggert. Wir waren in irgendeinem Raum, ich weiß nicht mehr wo, jedenfalls schiebt er mich plötzlich an eine Wand und fasst mit seinen Händen um meine Taille. Dann macht er mir 'ne Menge Komplimente, ich wäre 'ne richtig heiße Braut, und warum ich nicht mal dazu stehen würde. Ich würde meine Sexualität unterdrücken. Du weißt schon, das Übliche. Jedenfalls konnte ich gar nichts machen, ich habe nur dagestanden und ihn angeschaut. Dann hat er meinen Rock angehoben und mir zwischen die Beine gefasst, und was sage ich dir: Mein Slip war klatschnass. Das war natürlich ein gefundenes Fressen für ihn. Darauf hat er mit seinen Händen bei mir ein wenig herumgespielt.

Ich habe so getan, als sei ich nicht an ihm interessiert und den Kopf gewendet. Aber das hat ihn erst recht motiviert. Er hat mir meine Arme hinter meinen Kopf verschränkt und ist mit seinen Händen von meiner Taille ganz langsam in die Richtung meiner Achseln hochgefahren, wobei schon abzusehen war, dass er mit seinen Daumen gleich über meine Brüste streifen würde.

Und als er dann bei meinen Nippeln ankam und auch blieb, da konnte ich irgendwie nicht mehr. Ich habe ihn auf den Mund geküsst. Danach ging alles wie von selbst. Ich bat ihn nur noch darum, mich nicht in den Hintern zu ficken, denn das wollte ich nicht, jedenfalls jetzt noch nicht. Er meinte nur, das wäre Okay. Er hat mir den Slip ausgezogen, seinen Gürtel aufgemacht, seine Hose heruntergerollt, mich angehoben und mich dann bestimmt für eine halbe Stunde im Stehen gefickt. Ich habe die ganze Zeit dabei meine Beine um seine Hüften geschlungen. Er wollte noch, dass ich meine Bluse ausziehe, was ich sogleich auch getan habe. Ich weiß beim besten Willen nicht, wie das alles passieren konnte, aber es hat mich total erregt und gewehrt habe ich mich kein bisschen. Es war einfach nur geil.

Danach machte er sich seine Hose wieder zu und legte mich auf einen Tisch. Er zog mir alles aus, was ich zu dem Zeitpunkt noch anhatte. Und dann fasste er mich überall an, er hat vor nichts haltgemacht. Auch wurde ich nach Belieben gewendet. Ich konnte mich überhaupt nicht wehren. Ich war wie ein neues Spielzeug in seinen Händen, was man hochhebt, mal hierhin schaut, dorthin greift, mal das daran probiert. Er sah mir auch überhaupt nicht in die Augen, sondern hat sich nur an meinem Körper geweidet. Ich war in dem Moment ein reines Objekt für ihn. Und genau das hat mich so wahnsinnig geil gemacht.

Was er natürlich gleich gemerkt hat. Prompt drehte er mich auf den Rücken, um mich mit der Hand vom Busen her auf die Tischplatte zu drücken. So konnte ich natürlich nicht weg. Dann spreizte er mir die Beine und fingerte mich in einer Weise, dass mir Hören und Sehen verging. Die ganze Zeit lief dabei sein Saft aus meiner Muschi. Es war gemein, denn ich konnte überhaupt nichts tun. Ich war ihm völlig ausgeliefert, zumal er vollständig angezogen und ich nackt war. Und dann auch noch das blöde Grinsen, wenn ich mal wieder unter ihm gekommen war. ›Du warst gar nicht mal schlecht‹, meinte er am Ende. Am liebsten hätte ich ihm eine gescheuert.

Verdammt, wie mache ich das bloß alles Paul klar?«

Kiara nahm sie in ihre Arme. »Miriam, sag erst einmal gar nichts. Lass das Erlebnis einfach auf dich wirken und entscheide später. Und mach nicht den Fehler und erzähle es Paul gleich heute Abend. Dann löst du etwas aus, das du vielleicht nicht mehr beeinflussen kannst. Ich kann das alles sehr gut verstehen. In deiner Beziehung zu Paul kommt die Sexualität irgendwie auch erst unter ferner liefen. Wie willst du das auf Dauer aushalten? Mich wundert deine Reaktion heute überhaupt nicht.«

»Ich weiß. Aber ich fühle mich so mies. Ich habe Paul betrogen. Und trotzdem bereue ich es irgendwie nicht. Und weißt du, was das Allerschlimmste ist?«

»Nein.«

»Wenn Michael morgen bei mir anrufen würde, um Sex mit mir zu haben, ich glaube ich würde alles stehen und liegen lassen und zu ihm fahren. Ich habe Angst, die Sache auf Dauer nicht in den Griff zu bekommen. Es fühlt sich anders als ein ONS an.«

»Ach Miriam. Ich kann so gut verstehen, wie du dich jetzt fühlst. Ich glaube, ich bin an allem Schuld.«

»Kiara rede nicht so etwas. Ich habe mich aus freien Stücken darauf eingelassen. Aber die ganzen Gespräche mit dir und auch heute wieder haben mich innerlich irgendwie aufgewühlt. Das alles hat mich dafür empfänglich gemacht. Vor einem Jahr wäre das noch unmöglich gewesen. Aber es hat mich auch gereizt, sonst wäre das nie passiert. Ich bereue es nicht wirklich, das ist es ja, was mich so irritiert. Ich will eher sogar mehr.

Und dann kommt noch etwas anderes hinzu. Mark war für mich bislang immer ein Schuft, ein Steinzeitmann, ein alberner Macho, der sich zwei Sklavinnen hält. Ich habe euch eben sehr genau beobachtet, auch wenn man es mir vielleicht nicht direkt angemerkt hat. Aber so wie ihr beide miteinander umgeht, das hat mich total gerührt und auch neidisch gemacht. Mark liebt dich abgöttisch, allein wie er dich die ganze Zeit anschaut. So etwas habe ich mit Paul nicht. Und dann seine Bemerkungen über dich und Alina. Der hält sich Alina doch nur wegen dir. Er gönnt dir das alles, aber da spricht die pure Eifersucht aus ihm. Bist du sicher, dass du hier die Sklavin bist?«

Kiara drückte Miriam fest an sich. »Na jedenfalls bin die, die die Peitsche kriegt, zumindest ab Morgen wieder.«

Und dann hatte sie eine Idee.

»Miriam hast du Lust, dich mit Alina und mir ein wenig ins Bett zu legen? Kein Sex, nur ein wenig zusammenliegen und sich lieb haben. Hast du Lust?«

Miriam schaute sie lange an. Dann wanderte ihr Blick zu Alina.

»Ach, warum eigentlich nicht? Dann muss ich Paul nur sagen, dass ich mit einem Mann geschlafen habe und wenig später auch noch mit zwei Frauen – Sklavinnen, um genau zu sein – im Bett war. Die zweite Sünde hebt die erste wieder auf, oder?«

Kiara und Alina lachten.

»Miriam, aber gib ein bisschen auf Alina Acht. Alina ist 'ne Lesbe, die kann keiner Muschi widerstehen. Ehrlich. Ich weiß, wovon ich rede.«

Und dann nahmen die beiden Frauen Miriam in ihre Mitte und machten sich auf den Weg in ihr Zimmer. Natürlich blieb es nicht nur bei ›zusammenliegen und sich lieb haben‹.

NACHT

Am Abend bekam Kiara großen Hunger auf ein Wiener Schnitzel, und so entschied man sich, ins Edelweiss zu gehen. Sie genoss es, ausnahmsweise einmal ganz frei und ohne Zeitdruck ausgehen zu können. Erst um 24 Uhr mussten sie und Alina wieder zu Hause sein. Dann würde sie wieder die Sklavin von Mark sein.

Gegen elf zogen sich Kiara und Alina in ihr Zimmer zurück, um sich ein letztes Mal zu lieben. Schließlich schlang

Kiara ihre Arme um Alina und die beiden Frauen versanken in den Schlaf.

Um Punkt 24 Uhr schreckten beide auf. Mark stand in der Tür. Er kam auf Kiara zu, klinkte eine Kette in ihr Halsband und zog sie hinter sich her.

»Mark, was habe ich denn gemacht? Ich dachte, ich würde für den gestrigen Tag nicht bestraft.«

»Schweig! Habe ich dir erlaubt zu sprechen? Aber wer sagt denn überhaupt, dass ich dich für den gestrigen Tag bestrafen möchte. Ich habe gestern den ganzen Tag auf meine Sklavin verzichtet, habe zugesehen, wie sie sich mit einer anderen Frau verlustiert, und nun möchte ich ganz einfach mal wieder etwas von ihr haben. Hast du in einem Tag schon vergessen, was deine eigentlichen Aufgaben sind?«

Mit diesen Worten warf er sie auf eine Liege und drang sofort in ihren Mund ein. Er war sehr fordernd, sodass sie ständig nach Luft röcheln musste. Einige Minuten später kam er, packte sie mit einer Hand an ihrer Gurgel und zwang sie, seinen Saft vollständig zu schlucken. Sofort warf er sie herum und nahm sie von hinten. Seine Bewegungen waren sehr energisch, und doch ließ er sich Zeit. Immer wieder klatschen seine Hände auf ihren Hintern nieder.

»So, das hat gut getan.«

Er ließ sie im Fersensitz vor sich hinknien. Mit druckvollen Händen fuhr er ihren gesamten Körper entlang. Er schob ihre Knie auseinander und ließ sich zwischen ihnen nieder. Mit seinen Fingern quälte er ihre Nippel. Ihr Atem ging nun sehr schnell und ihre Brust bewegte sich auf und ab, so intensiv war der Schmerz. Dann griff er mit einer Hand in ihren Schritt.

»So, du weißt, was jetzt kommt. Ich möchte genau wissen, wann es bei dir so weit ist.«

GEBURTSTAG

Er brachte sie noch fünf Mal bis unmittelbar vor ihren Höhepunkt. Dann warf er sie erneut auf ihren Bauch und ließ für etwa 20 Minuten die Peitsche auf sie niedergehen.

Anschließend nahm er sie in seine Arme und küsste sie. Er streichelte sie sanft am ganzen Körper. »Ach, meine süße kleine Sklavin Kiara.« Immer wieder küsste er sie, mal auf ihren Mund, dann auf ihre Brüste. Sie schlang ihre Arme um seinen Hals, ließ sich vollkommen fallen, öffnete sich und streckte ihm alles entgegen, was sie besaß. Sie war nur noch dazu da, seine Liebkosungen zu empfangen.

»Mein Liebling. Ich möchte, dass wir im Spätsommer für zwei Wochen zusammen in Urlaub fahren, nur du und ich. Alina bringe ich in der Zeit bei Freunden unter, nein, keine Sorge, nicht bei Ellen. Mehr Zeit als zwei Wochen habe ich leider nicht. Vielleicht mieten wir uns eine Jacht und schippern ein wenig in der Gegend herum. Wo auch sonst könntest du zwei Wochen lang nur mit einem Halsband bekleidet herumlaufen? Aber vorher wirst du die Pille absetzen.«

Sie schmiegte sich ganz eng an ihn, alles an ihr gehörte jetzt ihm. Sie wünschte sich, er würde sie dann vorher auch so empfänglich für ihn machen, wie er es eben getan hatte. Sie verblieb noch für etwa eine halbe Stunde in seinen Armen. Dann brachte er sie zurück in ihr Bett. Sie konnte die ganze Nacht kein Auge zudrücken.

FRAUENABEND

Kiara, Alina und Miriam hatten sich zu einem Frauenabend im N.Y.C. verabredet. Jetzt im Winter konnte man nur drinnen sitzen, aber die etwas lautere Hintergrundmusik im Restaurant erlaubte es ihnen, sich ganz ungestört zu unterhalten. Mark hatte seinen beiden Sklavinnen bis 24 Uhr Ausgang gewährt. Und alle waren sich ganz sicher, dass es diesmal zu keinen Verfehlungen kommen würde, zumal Miriam am nächsten Tag früh raus musste.

Kiara bestellte sich ein Rumpsteak mit Salat, die beiden anderen entschieden sich für Cheeseburger. Kiara und Alina tranken Wasser, Miriam eine Cola. Sie machte ein Gesicht, als wenn ihr etwas auf der Seele brannte.

»Ach, was bin ich froh, mal wieder mit euch zusammen zu sein. Ich habe euch schon richtig vermisst. Auch einfach mal wieder mit ein paar vernünftigen Leuten reden …«

Kiara unterbrach flüsternd und doch zugleich bestimmt. »Alina, schau nicht der Kellnerin so hinterher!«

»Ups, merkt man das? Sorry. Nein, es ist nichts. Ich habe sie früher hier schon mal gesehen. Ist echt süß. Ich mag solche Frauen.«

Kiara lachte. »Ja, die hat was. Aber für dich ist sie tabu!«

»Ich weiß. Ich will ja auch nichts von ihr. Nur mal schauen.«

»Dann ist ja gut. Vor dir scheint wirklich keine Muschi sicher zu sein.«

»Kann ich bestätigen, Alina«, kam ihr Miriam zu Hilfe. »Kiara hat sich bei unserem letzten Treffen brav zurückgehalten, wie es sich für eine gute Freundin auch gehört. Aber du hast im Bett alles versucht, mich rumzukriegen. Hast du ja dann auch geschafft.«

»Aber hat es dir denn nicht gefallen?«

»Doch sehr.« Sie gab Alina einen Kuss auf den Mund. »Ich habe hinterher nur bedauert, dir gegenüber so schüchtern gewesen zu sein. Gerne hätte ich mich noch revanchiert.«

»Was nicht ist, kann ja noch werden.«

Kiara hob ihren Zeigefinger: »Alina, Alina, Alina!« Dann wandte sie sich Miriam zu.

»Sie hat eine ganz süße Muschi, hast du echt etwas verpasst. Lässt du jeden Schwanz für stehen. Hi hi, das war jetzt gut, glaube ich, oder? Sag mal Miriam, hast du Michael noch mal gesehen?«

»Ähm. Deswegen muss ich ja auch mit euch reden. Ich treffe mich einmal die Woche mit ihm.«

»Was? Wow! Dann ist das ja fast was Ernstes! Aber er hat dich noch nicht zu seiner Sklavin gemacht, oder doch etwa?«

Kiara grinste etwas ungläubig.

»Nein Liebes, das möchte ich nicht und habe es ihm auch gesagt. Er kann mir zwar mal beim Sex einen Klaps geben, das finde ich sogar geil, aber die Peitsche will ich nicht. Ansonsten hat er sich schon etwas vorangearbeitet, wenn ich das einmal so sagen darf.«

»Und das heißt?«

»Na ja, es ist mir etwas peinlich. Aber er kann mich überall ficken, ich meine wirklich überall.«

»Ach Miriam, das muss dir doch nicht peinlich sein. Solange es dir gefällt. Das tut es doch, oder?«

»Ja, das ist ja das Irre daran, es gefällt mir. Mir gefällt sogar, was er dabei so alles von sich gibt. Er behandelt mich wie die letzte Schlampe, speziell mit Worten. Und was passiert? Anstatt dass ich ihm eine knalle, darf er sich noch mehr herausnehmen und von mir haben.«

Kiara schaute ironisch zur Decke: »Um dann vielleicht doch mal seine Sklavin …«

»Ehrlich gesagt, ich fürchte mich davor. Wer sagt mir, dass ich das alles unter Kontrolle behalte? Irgendwann kommt vielleicht die Peitsche und ich wehre mich nicht, lasse es geschehen. Und später muss ich für andere Männer die Beine breitmachen. Kiara, ich habe da richtig Angst vor. Ich habe Angst, mich zu verlieren. Es ist wie ein Spiel mit dem Feuer. Warum macht euch das eigentlich nichts aus? Warum nehmt ihr zum Beispiel die Peitsche einfach so hin? Wenn ich die Peitsche bei ihm akzeptiere, dann wird es bestimmt kein Halten mehr geben, dann gibt es eigentlich überhaupt keinen Grund mehr, ihm die anderen Sachen noch vorzuenthalten.«

Alina ergriff Miriams Hand. »Also mir macht die Peitsche schon sehr viel aus. Ich fänd's besser ohne sie. Ach verdammt, ich hasse die Peitsche!«

»Oh, das hätte ich nicht gedacht. Und warum akzeptierst du sie dann doch?«

»Nur wegen Kiara. Ich war früher mal in Ellen verliebt. Sie hat verlangt, dass ich ihr meine Liebe beweise. Und der Beweis sollte darin bestehen, mich ihr zu unterwerfen, ihre Sklavin zu werden. Und dann hat sie mich täglich ausgepeitscht. Ich habe die Schläge ertragen, weil ich hoffte, dadurch ihre Liebe zu gewinnen. Aber es war nur ein Ertragen. Ich habe ihre Schläge gehasst und mich selbst jedes Mal danach umso mehr.«

»Und jetzt erträgst du sie für Kiara?«

»Ja, jetzt liebe ich Kiara. Und um bei ihr sein zu können, muss ich die Sklavin von Mark sein. Das ist für mich okay. Für mich hat das viel mehr Vorteile als Nachteile. Trotzdem hasse ich die Schläge. Ich finde es in Ordnung, wenn Mark oder andere Männer in mich eindringen, mich ficken. Auch schlucke ich deren Saft. Ich denke dann ganz intensiv an

Kiara. Für mich ist es so, als wenn sie mich liebte. Aber unter den Schlägen leide ich. Auch wenn sie mal wieder meine Titten quälen. Ich will dann nur, dass alles möglichst bald vorbei ist. Für mich ist das nicht schön, überhaupt nicht schön.«

»Ach du Ärmste. Dabei bist du so eine Süße.« Sie gab ihr einen Kuss auf den Mund.

»Warum weinst du, Kiara?« Alina nahm Kiara in den Arm.

»Weil ich das schon länger weiß. Und ich leide dann jedes Mal mit dir. Alina, ich bin die Sklavin von Mark, weil ich schon immer solche Fantasien hatte. Ich habe es mir manchmal zehn Mal am Tag gemacht, nur weil ich daran denken musste. Du bist aber irgendwie aus ganz anderen Gründen da hineingerutscht. Du bist gar keine richtige Sklavin. Eine richtige Sklavin will sich unterwerfen. Ich will ja von Mark nicht nur in allen Stellungen rücksichtslos durchgefickt werden. Ich will von ihm beherrscht werden. Und mich ihm dabei schenken. Und dabei seine Liebe gewinnen. Und ich glaube, das ist mir bei Mark auch längst gelungen. Aber du Alina, du willst eigentlich nur Liebe. Du bist viel zu zart für all die Sachen.«

Miriam lächelte Kiara an. »Liebes, glaubst du es jetzt endlich selbst? Ich sagte dir doch schon: Der Mark liebt dich, wenn irgendwas auf dieser Erde sicher ist, dann das.«

»Ja, ich glaube es jetzt auch. Er will ein Kind von mir. Im Spätsommer möchte er mit mir für zwei Wochen in Urlaub fahren, und da soll es dann passieren. Da müssen wir natürlich vorher etwas planen, also was meinen Eisprung angeht und so, aber wenn er mich dann wieder so behandelt, wie er das des Öfteren tut, mich zunächst richtig quälen und dann wieder ganz zart und liebevoll zu mir sein, dann wird es passieren, das weiß ich ganz genau. Ich bin dann nur noch Hingabe. Selbst wenn er nur noch eine allerletzte Samenzelle hätte, die würde den Weg zu meinen Eizellen finden, so durchlässig bin ich in solchen Momenten.«

»Ach Liebes, das freut mich wirklich für dich, ach nein, für euch beide. Ich habe Mark längst akzeptiert. Für mich wäre so ein Verhältnis nichts, aber für dich ist er scheinbar genau der Richtige. Wie wär's, wenn wir darauf noch einen Wein trinken?«

Kiara und Alina waren einverstanden. Kiara wandte sich noch einmal Alina zu.

»Aber Alina, dir macht das wirklich nichts aus, dich von den Männern ficken zu lassen? Also, ich meine so überall?«

»Nein Liebste, das weißt du doch. Solange ich mit dir zusammen bin, und ich mich bei dir als Sklavin zurückhalten muss, macht mir die Sache mit den Kerlen oft sogar Spaß. Okay, wenn sie mal wieder die ganze Zeit in meinem Mund kommen wollen, dann weniger, aber das ist nicht wirklich schlimm. Schlimm sind die Schläge. Denn egal wie ich mich anstrenge, wie ich mich konzentriere, wie ich mich wegdenke, sie tun mir weh. Sie tun einfach nur schrecklich weh. Ich bin manchmal Stunden danach noch innerlich verletzt. Ich will nicht, dass sie mir das alles antun. Aber warum fragst du?«

»Mir kommt da manchmal so eine Idee.«

Miriam war äußerst neugierig. »Ja? Und? Sag schon!«, warf sie ungeduldig ein.

»Ach, weißt du, an meinem Geburtstag war Alina für einen Tag meine Sklavin. Wenn ich von Mark ein Kind bekomme, dann kann ich hinterher ein bisschen Unterstützung gebrauchen. Und wenn sie mich dann schon bald wieder so wie vorher rannehmen wollen, dann umso mehr. Mark wird bestimmt nicht akzeptieren, dass Alina die ganze Zeit meine Sklavin ist, zumal er dann die Kontrolle über ihre Sexualität verliert. Das will er nicht. Das würde überhaupt nicht in sein Konzept passen. Aber ich könnte ihn ja darum bitten, mir das exklusive Züchtigungsrecht für Alina zu geben.«

»Liebste, das bringt doch nichts, und das weißt du auch genau. Wenn er mich züchtigen will, dann wird er das bei dir durchsetzen. Er wird so lange auf dich einprügeln, bis du mich ausreichend hart und lange schlägst. Und glaube mir, das täte mir genauso weh. Vielleicht sogar noch viel mehr als sonst, weil ich von dir nur Zärtlichkeiten möchte. Ich bin da ganz anders als du.«

»Liebste, da täuschst du dich. Mit keiner Strafe der Welt wird er mich dazu bringen, meine Hand gegen dich zu erheben. Und ich glaube, ach, was heißt glauben, ich bin mir ganz ganz sicher, Mark hat das längst begriffen.«

»Liebste, das wäre aber für mich nicht einfacher. Wenn der Mark dich wegen mir peitschen würde, könnte ich das genauso schwer ertragen.«

»Alina, versteh doch bitte, der Mark würde mich nicht züchtigen. Die Schwierigkeit wird sein, seine Zustimmung für den Deal zu erhalten. Wenn er die einmal gegeben hat, wird er mich nicht quälen, um mich dazu zu bringen, dich zu züchtigen. Er wird wissen, dass er damit keinen Erfolg haben wird. Mark ist ein durch und durch rationaler Mann. Wenn der einmal eingesehen hat, dass irgendwas nicht zum Erfolg führt, wird er es lassen, so einfach ist das. Also mach dir darüber keine Gedanken. Ich werde mich jedenfalls in den nächsten Wochen mal ganz langsam an ihn heranpirschen.«

Miriam grinste über das ganze Gesicht. »Womit ich mal wieder bei meiner Lieblingsfrage wäre: Wer von euch beiden, also Mark oder du, ist eigentlich Sklave von wem?«

Kiara lächelte vielsagend vor sich hin: »Du weißt doch: Weiches Wasser bricht den Stein.« Dann wechselte sie das Thema.

FRAUENABEND

»Sag mal Miriam, was mir eben so durch den Kopf ging. Ist denn in erster Linie die Peitsche für dich schlimm, oder die Sache mit den anderen Männern?«

»Verdammt! Dass du aber auch nie locker lassen kannst!«

»Nun Miriam, ich kann mich noch an ein Gespräch mit dir im Sommer am Main erinnern. Und da hast du mir gesagt, meine Erzählung, wie Mark mich wie ein neues Videogame zum Ausprobieren an Michael weitergereicht hat, hätte dich geil gemacht. Nun tust du aber so, als wenn du die Peitsche nicht haben willst, weil dann alles andere folgen würde. Ich verkürze mal: Du willst die Peitsche aus moralischen Gründen nicht, weil du dann anschließend auch anderen Männern zur Verfügung stehen müsstest, und das willst du nicht. Wie passen diese beiden Sachen zusammen?«

Miriam lächelte. »Ich wusste es, dass man dir absolut nichts anvertrauen kann. Du würdest es nämlich an geeigneter Stelle sofort wieder gegen einen verwenden.«

»Ja und wenn schon. Also, was ist nun?«

»Ach ich weiß nicht, Liebes. Ich sage dem Michael immer: bis hierher und nicht weiter. Und dass ich nicht so eine Sklavin wie du werden will. Er lacht dann immer nur. Ich befürchte, der hat mich längst durchschaut.«

»Ja, und?«

»Liebes, du hast ja recht. Ich will keine Schmerzen, ich will nicht geschlagen werden, das erniedrigt mich wirklich. Da geht es mir genauso wie Alina. Aber wenn er von mir irgendwann mal verlangen sollte, ich solle für einen Freund die Beine breitmachen, dann werde ich das wohl tun. Er wird mich dabei genauso rumkriegen, wie er mich beim ersten Mal rumgekriegt hat, das spüre ich genau.«

»Willkommen im Klub, Miriam.«

»Wie meinst du das, in welchem Klub?«

»Miriam, das war jetzt nur so daher gesagt. Ich bin in keinem Klub, Mark auch nicht. Aber so weit bist du dann ja gar nicht mehr von mir entfernt. Okay, ich will den ganzen Tag von jemandem beherrscht werden, erst dann fühle ich mich gut. Und die Sache muss wirklich real sein, also nicht so ein Spielkram. Aber ansonsten ist da doch sehr viel Übereinstimmung zwischen uns. Ich habe Mark mal nach den anderen Frauen auf einer Party, auf der auch Alina und ich waren, gefragt, nämlich ob die alle Sklavinnen seien. Er hat gemeint, nein, nur ein paar von denen. Die meisten wären Stuten.«

»Kiara! Bezeichnest du mich jetzt etwa als Stute?«

»Ich dich nicht. Aber für die Männer bist du wohl auf dem besten Weg dahin.«

»Und was wären die Aufgaben von so einer Stute, ich meine, im Vergleich zu einer Sklavin?«

»Du bist zum Ficken da, zu sonst nichts. Wenn dich einer haben will, kann er dich besteigen, und du machst alles mit, so einfach ist das. Die Männer sind dir gegenüber aber nur Hengste, du hast auf dir keinen Jockey sitzen, der ständig mit der Peitsche schwingt. Wenn du die Männer befriedigt hast, dann kannst du wieder ganz normal auf der Weide herumtraben, so wie immer. Habe ich mich klar genug ausgedrückt?«

»Mehr als mir lieb ist.«

»Und? Hat dich das nun erregt oder abgeschreckt?«

Miriam antwortete sehr zögerlich: »Beides Liebes, das ist ja das Schlimme.«

»Miriam, dann überleg es dir ruhig noch einmal. Bei mir war es jedenfalls so, dass ich meine Gedanken nicht mehr im Griff hatte. Es war einfach nur noch schrecklich. Und wenn du irgendwann mal so weit bist, dass du nur noch darüber nachdenkst, wie es sein könnte, wenn Michael von dir verlangt, mit anderen Männern zu ficken, dann bitte Liebchen, mach es einfach und warte nicht länger. Du wirst die Gedanken sonst nicht mehr los. Es mag ja sein, dass du es dann doch nicht so geil findest, wie es in deiner Vorstellung war. Du kannst aber jederzeit wieder aufhören, niemand wird dich daran hindern. Und du musst dich auch nicht dafür schämen. Du weißt dann aber wenigstens, wie es ist, und du musst dir nicht jahrelang selbst vorwerfen, du könntest vielleicht irgendetwas in deinem Leben verpasst haben. Sollen wir eigentlich noch einen Wein bestellen? Ich hätte Lust dazu.«

Miriam und Alina stimmten zu.

Kiara erhob sich. »Ich muss mal ins Bad. Bis gleich.«

Kaum war Kiara gegangen, lehnte sich Alina an Miriam an. Leise flüsterte sie ihr ins Ohr: »Miriam, willst du mal meine Muschi sehen?«

»Alina! Du hast es ja faustdick hinter den Ohren. Aber sag mal, wie funktioniert das denn bei euch? Ich denke, ihr liebt euch. Macht ihr dann nach Belieben mit anderen herum?«

»Ach, das müssen wir doch sowieso. Kiara und ich lieben uns wirklich. Aber die Sexualität ist für uns was ganz anderes, muss sie ja irgendwie auch sein, sonst könnten wir das gar nicht aushalten. Ich mag Frauen halt sehr gerne, und du bist genau mein Typ, so ein bisschen edel. Du gehörst sowieso irgendwie schon zur Familie. Außerdem habe ich schon mal mit dir geschmust. Ich würde dich gerne noch mal anfassen, und wenn du magst, auch lecken, so wie beim letzten Mal. Bei mir ist nur das Problem, ich darf nicht kommen. Aber das weißt du ja, oder?«

»Ja, ich kann es mir denken. Kiara erzählt immer, dass Mark eure Sexualität kontrolliert. Okay, lass uns gleich zusammen ins Bad gehen, ich habe auch Lust auf dich.«

Kiara kehrte aus dem Bad zurück und wenige Minuten später brachen Alina und Miriam auf. Kiara verweilte fünfzehn Minuten alleine an ihrem Tisch. Als die beiden zurückkehrten, hatte sie bereits die halbe Flasche Wein geleert.

Miriam legte eine Hand auf Kiaras Schulter. »Liebes, du bist gleich betrunken. Nimmt Mark dir das nicht übel?«

»Ich musste ja hier die ganze Zeit alleine sitzen, da macht man sich schon so seine Gedanken.«

Alina machte ein Gesicht, als sei sie die Unschuld in Person. »Tut mir leid, Kiara. Aber ich konnte einfach nicht widerstehen. Ich habe Miriam meine Muschi gezeigt.«

»Alina, du bist wirklich eine schlimme Schlange. Vor dir ist ja keine einzige Möse sicher. Aber ich bin dir nicht böse, da du genauso viele Schwänze wie ich zu spüren bekommst, obwohl du auf Frauen stehst. Und bei Miriam ist es sowieso was anderes, das weißt du ja.«

»Ja, Liebste. Und außerdem werden wir immer bis kurz davor gebracht und dürfen nicht kommen, damit wir für die Männer geil und bereit sind. Ich werde dadurch aber nur noch mehr auf Frauen scharf, und zwar ständig.«

»Und du bist dann teuflisch gut, Süße«, beeilte sich Miriam anzumerken. »Ich bin schon nach ganz kurzer Zeit gekommen. Bei dir musste ich leider vorher aufhören, ich hätte dir so gerne geholfen.«

»Was nicht ist, kann ja noch werden.«

Kiara stemmte ihre Fäuste in die Hüfte. »Alina, wer von uns beiden hat hier den meisten Wein getrunken? Für heute geht ihr beide nur noch einzeln ins Bad!«

»Ach Kiara, lass mich doch ruhig träumen. Vielleicht kommt noch einmal so eine Gelegenheit wie an deinem Geburtstag, und dann laden wir Miriam ein und bleiben den ganzen Tag im Bett. Nur wir Frauen.«

FRAUENABEND

Miriam streichelte Alina sanft die Wange: »Alina, du bist wirklich eine Süße. Und du kannst mir glauben, ich werde dann ganz bestimmt kommen.«

»Ja ja, das kann ich dir garantieren, Miriam, und zwar nicht nur einmal!« Kiara war mittlerweile so beschwipst, dass sie ihre Worte nur mehr lallend hervorbrachte.

Die Frauen nahmen sich in die Arme, küssten sich auf den Mund und lachten.

Kiara und Alina kehrten gegen 23 Uhr Arm in Arm und stark angeheitert nach Hause zurück. Mark nahm sie gleich am Eingang in Empfang.

»Mark, wir sind ganz pünktlich zurück. Es gibt diesmal rein gar nichts zu bemängeln.« Kiara kicherte vor sich hin.

»Pünktlich seid ihr ja schon. Aber nicht vollständig. Denn irgendetwas scheint ihr in der Kneipe liegen gelassen zu haben. Kann es euer Verstand sein?«

»Mark, wir haben nur eine winzig winzig kleine Menge Wein getrunken. Das ist doch nicht schlimm, oder? Bitte bestraf uns nicht, es war ein so lustiger Abend.« Kiara und Alina kicherten jetzt beide vor sich hin.

»Wie heißt es doch so schön: Eine beschwipste Frau ist ein Engel im Bett. Zwei beschwipste Frauen wären dann zwei Engel. Schade Liebling, dass du deine Freundin Miriam nicht mitgebracht hast. Aber darüber haben wir uns schon einmal unterhalten: Ihr Frauen scheint es nicht so mit dem Teilen zu haben. Was ist los mit ihr? Jedes Mal kneift sie, wenn es darum geht, dir zur Seite zu stehen, oder sollte ich liegen sagen, he he?

Nun springt mal schön unter die Dusche, damit ihr den Kneipenrauch loswerdet, ich rufe in der Zwischenzeit den Michael an, der kann bestimmt noch ein oder zwei Freunde mitbringen, und dann stellt euch schon mal auf ein paar nette Stunden mit uns ein. Es muss ja nicht immer die

Peitsche sein. Ach ja, im Keller habe ich genug Wein. Ich mache schon mal eine Flasche für euch auf, später gibt es dann noch mehr. Nicht dass ihr nachher auf dem Trockenen sitzt, das bekäme euch heute nicht gut, he he.«

Gegen zwei Uhr in der Frühe fielen Kiara und Alina sturzbetrunken und wie tot ins Bett.

MARKS EINLADUNG

MIRIAMS FEUERTAUFE

Lorena, Robert, Michael und Miriam waren in Marks Haus zum Abendessen eingeladen. Lorena war Roberts Ehesklavin, sie beide die Eltern von Jonas. Kiara und Alina trugen ein kurzes schwarzes Abendkleid, ferner Strapsgürtel, Slip, halterlose schwarze Strümpfe und Stiefeletten.

Miriam schaute Mark mit großen Augen an. »Mark, vielen Dank für die nette Einladung. Was verschafft mir eigentlich die Ehre?«

»Ich komme später darauf. Fühle dich einfach als mein Gast.«

Kiara war froh, Miriam und Michael endlich einmal zusammen zu sehen. »Michael, Miriam hat mir erzählt, dass sie sich häufiger mit dir trifft. Ist das jetzt etwas Ernstes zwischen euch?«

Miriam reagierte fast pikiert auf Kiaras Interesse. »Warum fragst du Michael das jetzt? Du weißt, dass sich Paul von mir getrennt hat, seitdem ich ihm die Sache mit Michael gebeichtet habe. Aber deshalb muss ich doch jetzt nicht gleich Michaels feste Freundin werden?«

Mark runzelte die Stirn. »Kiara du weißt, dass ich mich schon mehrfach über deine Freundin Miriam echauffiert habe, weil sie dich zum Beispiel in entscheidenden Momenten im Stich gelassen hat, und du dann für sie eine Strafe antreten musstest. Das war dir gegenüber nicht fair. Echte Freunde tun so etwas nicht. Aber nun fragst du Michael, und sie antwortet an seiner Stelle. Wie soll das denn heute Abend gut gehen?«

Miriam wirkte verunsichert. »Wieso, habt ihr irgendetwas mit mir vor?«

»Möchtest du das, Miriam? Das kannst du gerne haben!«

Verzweifelt wandte sie sich an Michael. »Da läuft doch hoffentlich wohl nichts? Ich bin heute bei dir sicher, oder?«

Mark griff Michael ins Wort. »Vielleicht kann ich ausnahmsweise einmal für Michael antworten, du hast dir ja vorhin das gleiche Recht herausgenommen. Michael ist mein bester Freund. Und gute Freunde teilen alles untereinander.«

Miriam errötete.

Gelassen fuhr Mark in seinen Ausführungen fort. »Aber vielleicht sollten andere auch mal etwas abbekommen. Alina hängt schon die ganze Zeit wie magnetisch mit ihren Augen in deinem Ausschnitt. Du wärst bestimmt eine nette Abwechslung für sie. Alina wird häufig etwas stiefmütterlich von uns behandelt. Sie tut mir schon länger leid.«

Alina strahlte erwartungsfroh. Miriam war ihre Verlegenheit anzumerken, und dennoch war sie gewillt, den Fehdehandschuh aufzunehmen: »Willst du, dass ich mich mit Alina auf ihr Zimmer zurückziehe. Das mache ich glatt.«

Mark sah Michael eindringlich an. »Was ist mit Miriam los? Da hast du aber wohl noch ein ganz ordentliches Stück Arbeit vor dir. Nein Miriam, hier direkt vor uns. Was ist denn schon dabei? Ihr beide habt es bereits miteinander getrieben, habe ich jedenfalls aus den beiden herausgepresst. Michael, sag du doch auch mal was.«

»Mir würde das auch gefallen. Komm Miriam, zeig es uns!«, antwortete er wie aus der Pistole geschossen.

Miriam zögerte. Mark stand auf, packte sie an der Taille und trug sie mit ihren strampelnden Beinen zur angrenzenden Couch. Mit einer raschen Bewegung öffnete er den Reißverschluss ihres Kleidchens, was prompt an ihr herunterglitt und zu Boden fiel. »So Alina, it's your turn!« Alina ließ es sich nicht zweimal sagen.

»Süße, lass mich einfach machen. Ich bin das gewohnt. Du wirst sehen, es ist gar nichts dabei. Ich werde ganz lieb zu dir sein.« Und mit diesen Worten gab sie ihr einen tiefen Zungenkuss.

Alina zog sich aus, und gleich darauf legte sie auch schon los. Miriam ließ sie gewähren. Sie versuchte, sich ganz auf ihre Liebespartnerin zu konzentrieren und alle anderen Personen im Raum zu ignorieren. Allerdings gelang ihr das nur zum Teil. Doch als Alina mit beiden Händen an ihren Knospen spielte, während sich ihr Kopf zugleich immer tiefer zwischen ihren Beinen versenkte und ihre Zunge und ihr Mund Besitz von ihrer Klitoris und ihrer Spalte nahmen, gab sie ihren letzten Widerstand restlos auf. Sie kam schließlich laut stöhnend vor der versammelten Runde.

Mark strahlte vor Begeisterung. »Wusste ich es doch! Auf Alina kann man sich in der Hinsicht absolut verlassen. Hast du wirklich gut gemacht, Kleines. Dafür hast du dir einen Höhepunkt redlich verdient. Miriam mach es ihr bitte!«

Miriam war zu schockiert, um zu protestieren. Intensiv küsste sie Alina auf den Mund. Dann begann sie mit ihrer Zunge ihren Körper zu erforschen. Als sie sich schließlich Alinas Lustzentrum näherte und zuwandte, dauerte es nicht mehr lange, bis ihr Lustobjekt laut atmend kam. Befriedigt, entspannt und glücklich nahm Alina den Kopf Miriams in ihre beiden Hände und küsste sie immer wieder auf den Mund.

Michael stand auf, packte Miriam am Handgelenk und führte sie wortlos in einen Nebenraum. Zwanzig Minuten später kehrte er zurück: »Mark und Robert, wollt ihr sie jetzt einmal ausprobieren?«

Robert und Mark unterbrachen ihre Gespräche und verließen den Raum.

LORENAS SORGEN

Kiara und Alina, die nun wieder korrekt angezogen war, begannen derweil ein angeregtes Gespräch mit Lorena. Beide Frauen interessierten sich vor allem dafür, wie es ihr in der Praxis gelang, die Sklavinnenrolle mit ihrer Aufgabe als Mutter zu vereinbaren. Gemäß Lorena war dies im Normalfall problemlos möglich:

»Schwierigkeiten gab es eigentlich erst, als Jonas in die Pubertät kam. Da hat er gecheckt, was meine Rolle ist. Und sich gleich das entsprechende Machoverhalten zugelegt. Was war ich froh, als er dann Lissy kennenlernte. Die hat ihm, glaube ich, ganz schön die Zähne gezeigt.«

»Ich denke, Lissy ist schon ein Stück weiter als er. Ist ja oft bei Mädchen in dem Alter. Außerdem weiß sie genau, wie sie auf Jungs wirkt, und das hat sie Jonas wohl auch sehr zu spüren gegeben. Aber sag mal Lorena, eins verstehe ich jetzt überhaupt nicht. Das hört sich ja fast so an, als wenn du aus Jonas jemand anderen machen möchtest, auf jeden Fall jemand anderen als deinen Mann. Bist du denn in deiner Sklavinnenrolle nicht mehr glücklich?«

Kiara war froh, sich darüber einmal ganz offen mit Lorena unterhalten zu können. Denn schon öfter fragte sie sich, wie sie das alles in zwanzig Jahren empfinden würde. Vielleicht wären die Gefühle zwischen ihr und Mark dann längst erloschen und er quälte sie nur noch. Lorena war die einzige Person, die sie kannte, die schon viele Jahre Erfahrung als Sklavin hatte.

»Ach nein, so war das nicht gemeint. Weißt du, Kiara, ich war nicht von Anfang an Roberts Sklavin. Ich habe ihn früh geheiratet, und dann kam auch schon bald der Jonas. Und erst dann ging das so langsam los. Er begann mich zu erziehen. Irgendwann holte er andere Männer dazu, die mich zureiten sollten, wie er es nannte. Ich habe mich nie darum gerissen, aber es auch nie zu verhindern versucht. Vieles war auch sehr schön für mich. Über mangelnde Sexualität wie in vielen anderen Ehen kann ich mich weiß Gott nicht beklagen. Schau mal, der Mark hat dich dem Jonas zum Geburtstag vorbeigebracht. Und dann war klar, dass er mich bei der Gelegenheit ficken wird. Ich habe das sehr genossen. Mark ist ohnehin ein sehr imponierender und interessanter Mann, ich lasse mich gerne von ihm ficken. Welche Ehefrau kann mit so etwas schon aufwarten? Die Männer tun meist so, als wenn sie mich einfach nehmen, mich nach allen Regeln der Kunst durchficken. Aber ich komme dabei keineswegs zu kurz, auch heute nicht. Wenn ich es mir recht überlege, dann genieße ich den Sex sogar mit jedem Jahr mehr.

Was anderes ist aber meine Aufgabe als Mutter. Ich würde es gerne sehen, wenn Jonas nicht einfach irgend so eine Machorolle übernimmt, weil sein Vater mit seiner Mutter und anderen Weibern entsprechend umspringt, sondern er zu sich selbst findet und auch die Zeit dafür erhält. Schließlich ist in ihm auch ein Stück von mir, und wer weiß, vielleicht ist das sogar stärker. Es wäre schade, wenn er ein Verhalten kopiert, das nicht zu ihm passt, und er etwas anderes ablehnt, weil er es mit mir assoziiert. Verstehst du, was ich meine?«

»Lorena hast du denn Anlass zu solchen Vermutungen? Für mich hört sich das jetzt nicht gerade so wie eine rein theoretische Abhandlung aus einem Psychologielehrbuch an.«

»Jonas ist kein dominanter Mann. Robert hätte das gerne, aber, Kiara, ich befürchte, damit wird er ihn nur unglücklich machen. Jonas ist schüchtern und ängstlich. Er kann wunderschön Klavier spielen, dann höre ich, was in ihm steckt. Er sollte irgendetwas Künstlerisches machen. Aber in die Fußstapfen seines Vaters treten, die sind, glaube ich, zu groß für ihn.«

»Vielleicht nicht nur zu groß, vielleicht manchmal auch zu klein, eben anders. Lorena kann ich dir etwas über Jonas erzählen?«

»Ja gerne, der Junge ist mein Ein und Alles.«

»Du weißt, dass ich bei ihm war, und dass später noch seine Freundin Lissy dazu kam. Von der ersten Sekunde an hatte sie das Zepter komplett in der Hand. Aber dann waren da noch andere Dinge, die mir sehr gut in Erinnerung geblieben sind. Mark hatte mich gebeten, mir eine Busenkette anzulegen. Lissy sah sie, und das Erste, was ihr dazu einfiel, war: ›Jonas, die würde dir wohl auch gut stehen.‹«

»Ja, das sind genau die Dinge, die mich nachdenklich machen.«

»Und dann war da noch die Sache mit dem Arschficken. Jonas wollte mich ausschließlich auf diese Weise nehmen. Er sagte mir, Lissy ließe das nicht mit sich machen. Als sie schließlich da war, meinte sie über irgendeine Sache, sie würde das dem Robert petzen. Jonas daraufhin: ›Lass das lieber, mein Vater wird dann nur versuchen, dich in die Kiste zu kriegen.‹ Ja und dann wurde es richtig hitzig. Sie: ›Was ist so schlimm daran, wenn ich mit deinem Vater in die Kiste springe?‹ Daraufhin er: ›Mein Vater will allen Weibern nur in den Arsch ficken, und das willst du doch nicht.‹ Dann kam es wirklich hammerhart: ›Bei deinem Daddy vielleicht schon.‹ Also deutlicher hätte sie es eigentlich nicht sagen können: ›Ich lasse mich nur von einem richtigen Kerl in den Hintern ficken, da ist das angemessen, bei dir nicht. Du bist kein richtiger Kerl.‹«

»Vielleicht hätte ich mich einmal etwas länger mit Lissy unterhalten sollen, so von Frau zu Frau. Sie ist ein reizendes Mädchen. Aber ich befürchte, mich hat sie nicht ganz für voll genommen. Ich bin in ihren Augen nur eine Sklavin.«

»Lorena, das kann ich mir ehrlich gesagt nicht vorstellen. Ich bin auch nur eine Sklavin und habe ihr das gegenüber auch ganz deutlich gemacht. Sie war sehr arrogant und gemein zu mir, aber das änderte sich sofort, als Jonas den Raum verließ. Von einer Sekunde auf die andere war aus ihr ein sehr nettes, aufmerksames und verständnisvolles Mädchen geworden. Vielleicht hat Jonas' Macho-Anspruch in der Hinsicht bei ihr einiges kaputt macht.«

»Kiara, es ist so schön, sich mit dir zu unterhalten, alle bewundern dich, alle Männer beneiden Mark um dich. Du bist eine so wunderschöne und liebe Person. Ich habe nun sexuell gar nichts mit Frauen, ich stehe nur auf Männer, aber du bist so anmutig, dich würde ich wohl auch gerne einmal küssen wollen. Ich war auf dem Sommerfest richtig neidisch, als ich dich zusammen mit Alina sah.

Sag mal Kiara. Ich weiß, da ist einiges zwischen dir und Jonas schiefgelaufen. Ich kann verstehen, wenn du den Jonas nie wieder sehen willst. Aber der Junge bereitet mir große Sorgen. Willst du nicht für einen Tag mal zu uns kommen und dich nur mit ihm unterhalten, vielleicht mit ihm ausgehen und etwas zusammen unternehmen. Ich sorge dafür, dass Robert an dem Tag nicht anwesend ist, weil Jonas sonst kaum etwas von dir hätte, du weißt schon warum. Ich würde auch den Mark vorher fragen, muss ich ja sowieso, weil du ihm gehörst. Was hältst du davon? Es würde mich sehr freuen.«

»Lorena, auch für mich war das Erlebnis mit Jonas sehr unbefriedigend, es belastet mich noch immer ein wenig. Im Prinzip hat mich Lissy ihm weggenommen. Sie kam rein und alles an ihr sagte: ›Da hast du aber ein schönes Geschenk bekommen. Das will ich haben, und zwar ganz allein für mich!‹ Kurz darauf hatte sie es dann auch. Also gerne, Lorena. Ich werde dem Jonas als Marks Sklavin bestimmt noch öfter über den Weg laufen. Vielleicht nimmt er irgendwann einmal an Joachims Sommerfest teil und wählt mich als seine Stute aus. Es wäre mir sehr lieb, wenn ich vorher ein gutes Verhältnis zu ihm hätte.«

»Danke Kiara. Du bist wirklich eine reizende Frau.« Sie gab Kiara einen dicken Kuss auf den Mund.

»Finde ich auch«, merkte Alina an und gab ihr ebenfalls einen Kuss.

»Da will ich nicht nachstehen, süße Göttin«. Auch Michael küsste sie lang und intensiv.

DER ANTRAG

Nach einer Weile kehrten Robert und Mark zurück. Beide waren korrekt gekleidet, wirkten allerdings ein wenig erschöpft.

Kiara sah sie verwundert an. »Wo habt ihr Miriam gelassen?«

»Sie ist noch unter der Dusche«, antwortete Mark gelassen. »Alina, bitte sammle Miriams Kleidungsstücke hier und und im Nebenraum ein, und bring sie anschließend in euer Zimmer, ja?«

Alina tat, was ihr befohlen war. Nach wenigen Minuten kehrte sie zurück.

Kiara ließ nicht locker. »Mark, was hast du mit Miriam vor?«

»Nun, wir sind heute alle korrekt angezogen. Ist ja auch einmal schön. Miriam ist noch ein bisschen unerfahren, aber sie macht ihre Sache schon recht gut. Ihr Willen, uns möglichst viel Vergnügen zu bereiten, war vorhin deutlich zu spüren, nicht wahr, Robert?«

Robert nickte.

MARKS EINLADUNG

»Und damit sie sich noch ein bisschen mehr öffnet und dazu lernt, wird sie heute Abend ganz nackt unter uns weilen. Sie ist noch keine Sklavin, deshalb trägt sie im Gegensatz zu euch auch kein Halsband. Sie wird also völlig unbekleidet bleiben. Ich habe dafür meine Gründe.«

Kiara reichten seine Auskünfte nicht. »Und die wären?«

»Später, Liebling, später. Und Alina lass bitte das freudige Grinsen. Ach was soll's. Ich will heute mal nicht so sein. Kommt Freunde, setzen wir uns in einer etwas anderen Anordnung hin. Du Kiara, hier auf meine rechte Seite neben Michael, und Miriam und Alina uns gegenüber. Robert und Lorena, ihr bleibt, wo ihr seid. Alina, versuch bitte deine Übergriffe in Grenzen zu halten, damit wir Miriam nicht restlos verschrecken. Also du kannst sicherlich mal hier und da bei ihr hinfassen und ihr auch einen Kuss geben, aber alles mit Maß und Ziel, sofern du weißt, was damit gemeint sein könnte. Ja?«

Alina nickte, weiterhin verstohlen grinsend.

»Alina, ich brauche Miriam noch, und deshalb ist es wichtig, dass du sie gut behandelst.«

»Da ist sie bei mir in den besten Händen, Mark.«

»Dann ist es ja gut. Obwohl ich mir in dem Punkt alles andere als sicher bin. Welche Frau ist schon bei einer Lesbe gut aufgehoben?«

Miriam kam vom Duschen zurück.

»Wo sind meine Sachen?«

»Die haben wir für einen Moment beiseitegelegt, liebe Miriam«, antwortete Mark sogleich. »Du bist eine sehr hübsche junge Frau und hast heute die Ehre, so wie du bist, unter uns zu weilen. Du darfst neben Alina Platz nehmen.«

Miriam errötete erneut.

»Und ihr bleibt alle angezogen? Das wird mir aber sehr unangenehm sein.«

Michael nahm sich seiner Freundin an. »Liebling, damit wirst du es noch häufiger zu tun bekommen. Beim nächsten Mal werde ich dich vielleicht auffordern, es dir vor lauter fremden Personen ganz öffentlich selbst zu machen. Und wehe, du machst es nicht gut.«

Miriam lief nun richtig rot an.

»Und wenn ich das nicht will?«

»Und ob du das willst. Du weißt es nur noch nicht. Aber mach dir für heute keine Gedanken darüber. Heute musst du gar nichts mehr tun, lediglich nackt sein. Und wenn du nervös wirst, dann halte dich an Alina fest. Ich kann mich doch ganz auf dich verlassen, Alina, oder?«

Alina gab Miriam einen Kuss auf den Mund. Dabei spielte sie zärtlich an ihren Brüsten.

Mark ergriff erneut die Initiative. »So, nachdem nun jeder an seinem Platz ist, möchte ich zum eigentlichen Thema des Abends kommen. Miriam, du spielst dabei eine zentrale Rolle, ich komme gleich dazu. Eben warst du unsere Vorspeise, die Hauptspeise wird jetzt serviert.

Wie ihr vielleicht schon gehört habt, will ich im September mit Kiara zwei Wochen in Urlaub fahren. Konkret heißt das: nur sie und ich. Wann wir genau fort sein werden, richtet sich nach ihr, und zwar nach ihrem Eisprung. Der sollte planmäßig ziemlich genau in der Mitte unserer Urlaubszeit liegen, sodass wir ihn auch mit ziemlicher Sicherheit treffen werden. Ich möchte nämlich einen Sohn von ihr.«

Kiara musste lachen. »Einen Sohn? Und was ist, wenn es ein Mädchen wird?«

»Nichts gegen süße Mädchen. Wenn die am Ende alle so sind wie du, dann wäre das großartig. Aber ich will mindestens einen Sohn. Und wenn du ein Mädchen zur Welt bringst, dann meine Liebste, musst du weitermachen, bis es irgendwann einmal klappt, und sei es beim 99. Mal.«

Kiara schmunzelte: »Okay, Mark, es soll ein paar Bücher darüber geben, und im Internet werde ich mich ebenfalls schlaumachen. Wir werden das mit deinem Sohn schon schaukeln.«

»Schaukeln ist gut, schließlich soll es auf einer Jacht geschehen. Aber ich fände es im Übrigen auch völlig unpassend, wenn sich mein Sohn mit einer älteren Schwester herumplagen müsste. Auch deshalb sollten wir zunächst einen Sohn anstreben. Die Mädchen können dann immer noch folgen.«

»Schon verstanden, Mark. Nichts ist unmöglich. Mein Bauch gehört schließlich dir!«

Sie schmiegte sich liebevoll an ihn.

»So, und damit komme ich zu meinem eigentlichen Problem. Kiara wird dafür einige Monate vorher ihre Pille absetzen. Vermutlich kann sie dann nicht einmal an Joachims Sommerfest teilnehmen, es sei denn, das fällt auf einen ganz sicheren Tag. Miriam, deine Aufgabe wäre es, sie dort zusammen mit Alina zu vertreten.«

Miriam war geschockt. »Und was heißt das für mich?«

»Nun, du wärst eine Stute. Zunächst arbeitest du ganz einfach als Kellnerin und trägst Getränke aus. Du wirst ungefähr so angezogen sein wie jetzt, allerdings hättest du noch Stiefeletten an. Jeder kann dich dabei abgreifen, natürlich auch ficken, aber in der Phase nur, wenn du zustimmst. Du trägst kein Halsband, also darf dich niemand züchtigen. Später wird man dich in die Koppel bringen und anketten. Dann kann dich jeder Mann auswählen und nach Belieben benutzen. Das ist eigentlich schon alles. Okay?«

»Aber Mark, so etwas habe ich noch nie gemacht. Ich fürchte mich davor. Das sind doch alles fremde Männer. Ich möchte mir das erst einmal in Ruhe überlegen.«

Michael intervenierte energisch: »Nein, Miriam, das kannst du nicht! Du hast eben einen Vorgeschmack davon erhalten, wie die Sache läuft, mit dem Ergebnis, dass du nicht flennend nach Hause gelaufen bist. Du sitzt weiterhin nackt vor uns und lässt dich dabei schamlos von Alina begrapschen. Machst du übrigens gut, Alina! Also Liebling, eine Bedenkzeit gibt es nicht. Ich möchte, dass du jetzt zustimmst.«

Miriam schaute zu Boden. Alina gab ihr einen Kuss auf ihre Schulter und einen weiteren auf ihren Nacken.

»Es ist also eigentlich für Kiara?«

Mark griff ihr Argument sofort mit großer Freude auf: »Ganz genau, Miriam. Nun könntest du beweisen, dass du wirklich bereit bist, für deine Freundin auch einmal einzustehen, anstatt sie immer im entscheidenden Augenblick im Stich zu lassen.«

Miriam resignierte: »Okay, ich mache es.«

Man konnte Mark seine Begeisterung förmlich ansehen. »Alina, in der Küche stehen sieben Sektgläser und im Kühlschrank befinden sich einige Flaschen Champagner. Bring doch bitte die Gläser und eine Flasche Schampus. Darauf müssen wir jetzt unbedingt anstoßen!«

Alina kehrte bald zurück. Mark entkorkte den Champagner und goss die Gläser in ausgelassener Stimmung ein.

»So, lasst uns auf Miriam, unsere Novizin, die uns in Zukunft noch viel Freude bereiten wird, anstoßen. Miriam, ich bin dir wirklich sehr zu Dank verpflichtet, dass du Kiara und mir in dieser Sache helfen möchtest.«

Sie ließen die Gläser klingen und nahmen zusammen einen ersten Schluck. Unvermittelt wandte sich Mark Kiara zu.

»Ach Liebling, noch eine kleine Frage an dich: Willst du meine Frau werden?«

Augenblicklich war es totenstill im Raum. Kiaras Augen weiteten sich. Sie konnte nicht glauben, was sie gerade gehört hatte. Sie sah in die erwartungsfrohen Gesichter von Alina, Miriam und Lorena. Langsam drehte sie sich zu Michael um. »Michael machst du mir bitte hinten den Reißverschluss auf?«

Ihr Kleid fiel zu Boden. Genussvoll streifte sie ihren Slip ab. Dann stellte sie sich auf ihre Zehenspitzen, schlang ihre Arme um Marks Hals, drückte ihren Busen gegen seine Brust und gab ihm einen langen, nach Champagner schmeckenden Kuss auf den Mund: »Mark, natürlich will ich deine Frau werden, deine Sklavin und Frau.«

»Liebling, dann schlafe diese Nacht mit mir zusammen. Allerdings wirst du auch dabei zu spüren bekommen, was es heißt, meine Sklavin zu sein.«

»Mark, nichts wünsche ich mir mehr als das. Ich bin deine Sklavin und du verfügst über mich. Du zeigst mir, wie es ist, deine Sklavin zu sein, und ich werde mich dir ergeben.«

Mark wandte sich noch einmal an Miriam: »Miriam, deine Kleidung ist übrigens in Alinas Zimmer, Alina wird dich später dorthin führen. Was ihr daraus macht, ist eure Sache. Vielleicht wollt ihr euch schon einmal über das Sommerfest unterhalten und darauf vorbereiten. Lass aber Alina nicht alles alleine entscheiden, das ist gefährlich. Alina, du darfst übrigens heute.

So, nun wird aber erst einmal gegessen.«

EIN TAG MIT JONAS

ROBERTS WUT

»Kiara kommst du mal bitte!«

Kiara konnte bereits an Marks Stimme erkennen, dass er verärgert und erregt war.

»Kiara, was läuft da für eine Sache hinter meinem Rücken? Robert ist mal wieder verärgert über dich. Du sollst dich ohne seine Zustimmung und sein Wissen mit Jonas treffen. Was willst du denn jetzt noch von dem Jungen? Reicht es dir nicht, dass du ihm seine Freundin ausgespannt und aus ihr eine Lesbe gemacht hast?«

»Mark, darf ich antworten? Oder besser noch: Darf ich mich verteidigen?«

»Nein! Natürlich nicht! Du kannst dich nicht einfach mit Roberts Sohn verabreden. Da gibt es nichts zu verteidigen. Ich verbiete dir ein solches Treffen! Schluss aus!«

»Mark, du weißt doch, wie unser letztes Gespräch im Auto über Jonas verlaufen ist. Es handelt sich auch diesmal wieder um ein Missverständnis, was sich aber leicht aufklären lässt, du musst mir nur einfach zuhören. Es ist jedes Mal das Gleiche, wenn Robert anruft. Dann macht er mich zur Schnecke, und du gibst das gleich ungefiltert und in voller Breite an mich weiter.«

»Ja, Robert ist äußerst wütend über dein Verhalten, und ich kann ihn sehr gut verstehen.«

»Nein Mark, Robert ist scharf auf mich, und weil er mich nicht haben kann, lässt er seine Aggressionen an mir aus. Schick mich doch einfach mal für ein paar Tage zu ihm, dann kann er sich an und in mir austoben. Anschließend reden wir noch einmal über Jonas.«

»Hm. Meinst du? Das ist jetzt nicht einfach nur so dahergesagt?«

»Was meinst du? Meine Einschätzung bezüglich seiner Geilheit oder die paar Tage bei ihm? Mark, meine Einschätzung über Robert ist ernst gemeint, der gleichen Meinung sind übrigens auch Alina und Miriam. Zu dem Rest kann ich wenig sagen. Ich bin deine Sklavin, und wenn du mich für ein paar Tage zu Robert abkommandierst, dann werde ich dir natürlich wie immer gehorchen. Es war nur ein Beispiel. Es ist deine Entscheidung.«

»Und wie kommt ihr auf so einen Quatsch?«

»Mark, an unserem gemeinsamen Abend mit Robert und Lorena war ich beinahe die ganze Zeit angezogen. Alina und Miriam haben mir beide hinterher unabhängig voneinander berichtet, der Robert würde mich regelrecht in Gedanken ausziehen. Der wäre ganz fixiert auf mich. Ich habe nicht ständig darauf geachtet, aber schon bei der Begrüßung war er sehr zudringlich, was ich ziemlich ungewöhnlich fand. Ja und dann hat Miriam noch angemerkt, er hätte sie zwar ordentlich mit dir zusammen durchgefickt, doch wäre er nicht in ihr gekommen. Sie vermutet – ich kann das überhaupt nicht beurteilen, sondern in der Hinsicht nur ihre Worte wiedergeben –, er wollte sich einen Teil seiner Kraft aufsparen, um später noch einmal bei mir so richtig zum Schuss zu kommen. Verstehst du?«

»Ach, wenn Weiber untereinander quatschen! Erst Alina und du, jetzt Alina, Miriam und du, langsam wird es mir unheimlich! Da werden Gefühle, Eindrücke und Intuitionen gesammelt, und schon habt ihr euch ein paar Fakten zusammen gezimmert. Habt ihr danach noch Karten gelegt oder die ganze Sache ausgependelt? He?«

»Wir erspüren das alles mit unserer Muschi.«

Mark packte sie augenblicklich, legte sie übers Knie, schob ihr den Rock hoch und dann klatschte auch schon seine flache Hand erbarmungslos auf ihr Hinterteil.

»Kiara, was ist mit dir los? Meinst du, wir könnten heute noch eine halbwegs vernünftige Unterhaltung miteinander führen?«

»Mark, bitte! Lass mich doch einfach mal erklären, wie es wirklich war. Aber nein, das glaubst du mir ja sowieso nicht. Lass dir dann bitte von mir erzählen, wie sich die Sache aus meiner Sicht zugetragen hat.«

»Aus deiner Sicht? Und was soll mir das bringen? Wozu soll dieser Weiberkram gut sein?«

»Einen anderen Standpunkt, Mark. So wie du das im Business auch machst. Du hörst dir einen Standpunkt an, und dann noch einen ganz anderen, eventuell sogar völlig blödsinnigen. Bislang kennst du nur den von Robert, und ich biete dir jetzt noch eine Quatschvariante – nenn sie meinetwegen Östrogenvariante – an. Damit du dich danach so richtig über mich und alle anderen Weiber aufregen kannst. Das hat doch was, oder?«

»Ich muss schon sagen, du ziehst wieder einmal alle Register. Nicht ungeschickt meine Kleine. Also gut, sprich! Was hast du zu sagen?«

»Mark, die ganze Sache ist Lorenas Wunsch. Sie hat mich bei unserer Verlobung angesprochen, und zwar als du und Robert im Nebenraum mit Miriam beschäftigt wart.«

»Wir waren nicht mit ihr beschäftigt, sondern haben sie erbarmungslos abgefickt, wie es sich für sie gehört.«

»Meinetwegen. Mark, Lorena macht sich Sorgen um Jonas. Der Robert will einen Macho-Typen aus ihm machen, und sie befürchtet, das wäre nicht sein Ding. Jonas wäre eher ein sensibler Künstlertyp. Sie hat gefragt, ob ich bereit wäre, noch einmal einen Tag mit ihm zu verbringen, weil unser

Zusammensein an seinem Geburtstag so völlig schief gelaufen sei. Ich habe ihr zugesagt. Mark, du musst jetzt nicht gleich wieder so ernst schauen, ich habe ihr nur von meiner Seite aus zugesagt. Denn auch mir liegt etwas daran, mit Jonas wieder ins Reine zu kommen. Das Treffen mit ihm war auch für mich sehr problematisch. Aber Lorena und mir war es von Anfang an völlig klar, dass wir das vorher mit euch beiden abstimmen müssen. Sie wollte zunächst Robert fragen, und wenn er zustimmt, dann dich. Oder sie lässt Robert bei dir anfragen, wie auch immer ihr das untereinander regelt. Sie wollte allerdings eins: Robert sollte an dem Tag nicht zu Hause sein, weil, und das waren ihre Worte, der Jonas sonst nichts von mir haben würde. Und wenn du mich fragst, diese letzte Bedingung ist das Problem. Robert ist wütend, weil ich einen Tag mit seinem Sohn Jonas verbringe, und er dabei leer ausgeht. Daneben kann ich mir vorstellen, dass er Angst hat, sein Sohn könnte ein Muttersöhnchen werden, weil die Sache ja von Lorena ausgegangen ist.«

»Also du hast noch überhaupt nichts vereinbart?«

»Nein Mark, ich schwöre.«

»Ich schwöre, ich schwöre. Als wenn das bei einer Frau irgendeine Bedeutung hätte. Doch weiter im Text!«

»Mark, ich habe nur mit Lorena gesprochen und ihr gesagt, ich würde sie in der Sache unterstützen, wenn du zustimmst. Mark, ich bin deine Sklavin. Ich habe das akzeptiert. Jede Faser meines Körpers gehört dir. Ich weiß, dass ich keine Termine mit Jonas ohne deine ausdrückliche Zustimmung vereinbaren kann. Nur verstehe bitte auch: Ich habe dir bislang davon noch nichts erzählt, weil Lorena sich erst einmal die Zustimmung von Robert einholen wollte. Wenn sie daran schon gescheitert wäre, dann hätte das Treffen doch ohnehin keinen Sinn mehr gemacht. Du hast so viel beruflich um die Ohren, da muss ich dir doch nicht auch noch unnötig mit meinem unwichtigen Weiberkram auf die Nerven gehen, oder?«

Mark lächelte: »Machst du heimlich einen Lehrgang, zum Beispiel in der Volkshochschule. Etwa ›Wie wickele ich meinen Herrn um den Finger? Verhandlungstechniken für die moderne Sklavin, Teil eins, zwei, drei.‹ So etwas? Du bist bestimmt schon längst bei den Fortgeschrittenen, oder?«

»Nein Mark, ich habe einfach nur versucht dir das mitzuteilen, was ich weiß. Alles Weitere musst du Lorena, Robert oder eventuell auch Jonas fragen.«

»Und du hast nichts dagegen, wenn ich dich als Ausgleich dem Robert für ein Wochenende zur Verfügung stelle?«

»Nein Mark, du entscheidest. Schau mal, Lorena möchte mich einen Tag für Jonas haben. Wenn an dem Tag auch Robert zu Hause ist, wird er mich vollständig in Beschlag nehmen. Also kannst du mich den beiden nur getrennt anbieten, alles andere würde nicht funktionieren. Nur getrennt ist es für beide fair. Aber Mark, egal wie du dich entscheidest, ich werde dich bestimmt nicht enttäuschen. Ich schreie nur dann auf, wenn du mal wieder daran denkst, Alina an Ellen zu verleihen. Und innerlich auch, wenn du Alina schlägst. Aber ich mache wirklich alles, was du für mich vorgesehen hast. Ich weiß, dass du mich liebst und mir nicht unnötig schaden willst.«

»Worauf wolltest du jetzt bei Alina hinaus?«

»Mark, das schätze ich sehr an dir. Wenn du zuhören möchtest, dann hörst du wirklich sehr intensiv zu, und dir entgeht fast nichts. Ja Mark, der Punkt macht mich manchmal sehr traurig.«

»Also was genau? Wenn ich Alina mit der Peitsche bestrafe? Du weißt genau, dass sie das häufig nötig hat, so wie du übrigens, manchmal sogar noch etwas mehr.«

»Mark, wenn ich von dir gezüchtigt werde oder auch von jemand anderem wie Ellen damals, dann bist du hinterher für mich da. Du bist sehr liebevoll, nimmst mich in deine Arme, bist zärtlich zu mir. Ich kann mich dir dann völlig öffnen. Wenn es eine Strafe war, akzeptiere ich sie und versuche mich beim nächsten Mal besser zu verhalten. Für Alina sind die Schläge nur Schmerzen, sie verletzen sie, weniger am Körper, sondern mehr in ihrer Seele. Hinzu kommt, dass ich zu schwach bin, sie anschließend aufzufangen. Ellen hat sie nach den Schlägen immer alleine gelassen. Aber auch du züchtigst uns in der Regel zusammen. Und selbst wenn du mich hinterher auffängst und mich in deinen Armen wiegst, bin ich danach noch viel zu schwach, um jemand anderem Kraft und tiefe Zuneigung zu geben. Ich bin dann ein schwaches Weib, was bei jemandem im Arm liegen möchte. Ich bin noch zu offen, um Alina helfen zu können. Und ich weiß ehrlich gesagt auch nicht, ob ihr dann überhaupt zu helfen ist. Sie hasst die Schläge, sie ist ganz anders als ich. Sie ist eine ganz sanfte und zerbrechliche Person, die auf Frauen steht, und die nur deshalb heute die Peitsche bekommt, weil sie sich mal in Ellen verliebt hatte, die einen Liebesbeweis von ihr verlangte, und das waren unter anderem ihre Peitschenhiebe. Jetzt ist sie deine Sklavin. Es geht ihr heute viel besser als bei Ellen. Aber unter den Schlägen von dir leidet sie noch immer. Mark, ist dir das wirklich so wichtig? Du hast doch mich.«

»Hm. Wie ich dich kenne, hast du noch etwas anderes in der Hinterhand, du hast garantiert schon ein fertig ausgearbeitetes Konzept vorliegen, was ich nur noch gegenzeichnen muss. Ist es nicht so?«

Kiara lächelte: »Nein, ganz so ist es nicht, Mark. Aber kannst du sie mir nicht teilweise unterstellen? Sie wäre dann weiterhin deine Sklavin, aber nur ich dürfte sie züchtigen. Und als Gegenleistung könntest du mich einfach etwas mehr peinigen als sonst. Mark, wie wäre das?«

»Kiara, was soll das? Wenn nur du sie züchtigen darfst, dann ist das gleichzusetzen mit keiner Züchtigung. Du hast es mir doch eben erst erklärt: Du leidest, wenn Alina geschlagen wird. Und wenn nur du sie züchtigen darfst, dann wird eins so sicher sein wie das Amen in der Kirche, nämlich dass Alina nie mehr ausgepeitscht wird. Nun könnte ich von dir fordern, Alina zu züchtigen. Und wenn du das nicht ordentlich machst, würde ich dich an ihrer Stelle peitschen. Wie groß schätzt du die Erfolgschancen dafür ein? Sprich!«

»Ähm. Vielleicht bei null Prozent?«

»Genau! Nun bekomme ich es auch noch ganz offen und frech ins Gesicht gesagt. Null Prozent. Ich darf noch einmal zusammenfassen: Du möchtest das alleinige Züchtigungsrecht für Alina haben. Du leidest, wenn Alina geschlagen wird, also wirst du Alina niemals züchtigen. Andere können das bei dir nicht durchsetzen, dafür bist du zu stark. Schlussfolgerung: Alina wird nie mehr gezüchtigt. Ist es das, was du mir sagen wolltest?«

»Ähm, Mark, ja, du hast natürlich recht. Es war dumm von mir, dir das so vorzuschlagen. Vergiss es einfach. Es tut mir leid.«

»Ja, das war in der Tat sehr dumm von dir. Im Übrigen muss ich dir widersprechen. Alina bekommt nicht ›nur‹ deshalb – wie du es behauptest – die Peitsche, weil sie mal in Ellen verliebt war, sondern weil sie deine Freundin ist, und folglich mit dir zusammen – in einem Aufwasch sozusagen – mitversklavt wurde.«

»Mark, das macht doch keinen Sinn. Miriam ist auch meine Freundin.«

»Nun, das werden wir auch noch hinbekommen. Michael arbeitet bereits daran.«

Sein Blick hatte in der Zwischenzeit etwas Teuflisches bekommen.

»Mark, du willst mir doch jetzt nicht etwa weismachen wollen, dass nur weil ich deine Sklavin bin, alle meine Freundinnen auch versklavt werden müssen, oder?«

»Liebling, ich möchte dich in erster Linie auf eine kleine Lüge hinweisen, die du so ganz nebenbei mir unterzujubeln versucht hast. Alina ist nicht einfach ein kleines, unschuldiges Mädchen, das ohne ihr Zutun in die Klauen einer bösen Hexe geraten ist und nun auf ihre Befreiung wartet, sondern sie ist deine Liebschaft. Ich habe sie aus den Klauen der bösen Hexe befreit. Nun bin ich aber auch nicht gerade der Rächer der Enterbten, der Beschützer von Witwen und Waisen, sondern ein Sklavenhalter, der dich in seinen Klauen hält. Und was hat das zur Folge?«

»Dass du sie auch in deine Klauen bekommst?«

»Richtig! Nicht Ellen ist schuld am heutigen Elend Alinas, sondern du, vergiss das bitte nicht! So, und nachdem das geklärt wäre, lass uns mal überlegen, was wir mit Jonas, Robert und Lorena machen. Ich mag Lorena, und wenn sie diesen Wunsch verspürt und meint, du könntest Jonas helfen, warum nicht? Wie stellst du dir die Sache denn vor?«

»Mark, ich weiß es wirklich nicht. Aber ich dachte mir, wir gehen einfach nur mal den ganzen Tag aus und reden miteinander. Gehen vielleicht ins Kino oder in irgendeine Kneipe. Und wenn er zum Schluss noch mit mir schlafen möchte, dann meinetwegen auch, aber nach Möglichkeit nur ganz normalen Sex wie mit einer guten Freundin. Ich denke, das braucht er eher, nicht diese Macho-Nummern, die in seinem Kopf herumgeistern. Wäre das für dich okay?«

»Ja, natürlich. Jedenfalls von meiner Seite. Was Robert angeht, kann ich noch nichts sagen. Aber ich kann mir vorstellen, dass er dem ebenfalls zustimmen würde. Vorausgesetzt er hat etwas von dir.«

»Mark, es ist deine Entscheidung.«

»Okay, Liebling. Dann sei es so. Ich werde das dem Robert vortragen. Du gehst einen ganzen Tag von morgens bis spät in die Nacht mit Jonas aus, meinetwegen auch bis zum Frühstück am Morgen. Dafür bekommt Robert dich an einem Wochenende. Er holt dich an einem Freitagabend ab, und dann du stehst ihm bis zum darauf folgenden Sonntagabend zur Verfügung. Okay?«

»Ja Mark, von meiner Seite geht das in Ordnung.«

»Prima, dann haben wir uns ja doch noch einigen können. So, nun muss ich mich aber wieder dringend um meine Geschäftsunterlagen kümmern. Du kannst gehen, ich brauche dich nicht mehr. Ach noch eins Kiara.«

»Ja, Mark.«

»Wenn du gleich in dein Zimmer zurückkehrst, nimm bitte Alina das Halsband ab. Sie wird ab sofort nur noch Stute sein. Von mir und den anderen wird sie zukünftig nicht mehr gezüchtigt werden. Alle anderen Regeln gelten jedoch weiterhin. Sie gehört noch immer mir. Dennoch könnte es mir dann in Zukunft schwerfallen, bei ihr etwas durchzusetzen. Wenn sie es sich beispielsweise morgens im Bad mit der Handbrause selbst besorgt, hätte ich ihr gegenüber keine wirkliche Handhabe mehr. Dich würde ich in einem solchen Fall so lange zwischen deine gespreizten Beine peitschen, bist du das Fehlverhalten wieder von selbst einstellst. Bei ihr könnte ich das nicht. Ich müsste folglich dann ebenfalls mit dir vorlieb nehmen, was ich natürlich auch tun würde. Sorge deshalb in deinem eigenen Interesse dafür, dass sie die Regeln weiterhin ausnahmslos akzeptiert und dich nicht enttäuscht, ja?«

Augenblicklich saß Kiara auf seinem Schoß und küsste ihn inniglich und glücklich.

Als sie aufstand, gab er ihr einen festen Klaps auf den Po. »Nun aber los mit dir, Liebling, sonst komme ich heute wirklich zu nichts mehr hier. Ich kann mich nicht den ganzen Tag um Weiberkram kümmern.«

Kiara beeilte sich, in ihr Zimmer zu kommen. Alina stand nackt im Badezimmer, um einmal mehr ihre Achseln und Vulva vollständig zu enthaaren.

»Liebste lass dich drücken!«

Kiara schlang ihre Arme um sie und küsste sie immer wieder auf ihren Mund, ihren Hals, ihre Brüste. Sie konnte nicht mehr aufhören.

»Alina, dreh dich mal bitte um.«

Sie öffnete Alinas Halsband und warf es mit einer demonstrativen Handbewegung in den Papierkorb.

»Tatatata!«

»Kiara? Was hat das zu bedeuten?«

»Liebste, Mark hat zugestimmt! Du bist zwar immer noch sein Eigentum, und deshalb musst du dich auch weiterhin an seine Regeln halten, weil er sonst mich züchtigen wird. Ich habe in der Hinsicht jetzt die Verantwortung für dich. Aber du wirst von niemandem mehr gezüchtigt, weder von ihm, Ellen noch von irgendwem sonst. Und das für alle Zeiten.«

»Komm Liebste, zieh dich aus. Ich möchte mit dir schmusen.«

»Ja, süße Alina, ich mit dir auch. Aber bitte bitte nur so weit, wie er es uns gestattet hat, ja?«

»Na klar. Dann komme ich heute Abend umso intensiver bei ihm oder irgendeinem anderen Kerl, den er für mich ausgesucht hat, sofern es mir gestattet ist. Er soll schließlich auch was davon haben. Dass er mich gerne auf diese Weise umpolen möchte, indem es die tiefen Orgasmen vor allem bei ihm und anderen Männern gibt, habe ich schon verstanden. Es wird ihm dennoch nicht gelingen.« Und mit diesen Worten gab sie Kiara einen intensiven Zungenkuss.

WIE EINE FREUNDIN

Kiara und Alina hatten gerade gefrühstückt, als Mark Kiara zu sich rief.

»Kiara, heute ist dein Tag mit Jonas. Wie wolltest du dorthin kommen?

»Ich wollte erst mit der S-Bahn fahren, und dann mir ein Taxi nehmen. Warum?«

»Kommt gar nicht infrage! Ich bringe dich persönlich vorbei.«

»Oh, danke! Das ist lieb. Dann kannst du auch Lorena noch kurz Guten Tag sagen.«

»Kiara, Kiara, Kiara! Was habe ich bloß mit dir für einen Fang gemacht? Und wie soll das erst werden, wenn wir mal verheiratet sind? Bekomme ich dann den ganzen Tag nur noch solche Frechheiten von dir zu hören, he?«

»Nein Mark, Entschuldigung.«

»Damit das klar ist: Du, Lorena, Alina, Miriam, ihr braucht die regelmäßige Fremdbenutzung. Sie macht auch fügsamer, besser und auch schöner. Außerdem hält sie euch jung. Und wenn ich heute ausreichend Zeit hätte, dann wäre sicherlich auch Lorena wieder dran. Leider passt es nicht. Ich habe heute Morgen nur Zeit, dich, meine Liebe, zu Robert zu bringen, nur dich! Danach muss ich sofort weiter.«

»Entschuldigung Mark, es war nicht so gemeint. Außerdem gönne ich dir das sowieso, das weißt du doch hoffentlich. Lorena ist eine sehr liebe Frau, und da gönne ich es dir ganz besonders.«

»So, nun müssen wir aber auch gleich los. Was ziehst du denn an?«

»Ach Mark, es ist eiskalt draußen. Ich wollte einen Rollkragenpulli anziehen, einen wärmenden aber kurzen schwarzen Wollrock, halterlose Strümpfe, gefütterte Stiefel, einen dicken Schal und mein neues Felljäckchen. Ausziehen kann ich ja zur Not immer noch alles, aber es geht erst einmal nur ums Reden.«

»Felljäckchen? Wenn ich das nur schon wieder höre! Fell! Diesen komischen Plastikmüll nennst du Fell?«

»Mark, du weißt, dass ich nicht mit richtigem Pelz herumlaufen möchte. Heute wäre es besonders unpassend. Stell dir vor, ich gehe mit Jonas bei ihm in der Nähe in eine Eisdiele. Da kann ich doch nicht mit einem echten Nerz herumsitzen. Und dann auch noch in Begleitung eines 18-Jährigen!«

»Ja ja, meine Öko-Tante Kiara. Dabei ist es genau umgekehrt. Tiere tötet man, und anschließend wachsen wieder neue heran. Deine Kunstfasern werden aus Öl gemacht, das kann man nicht erneuern, nur verbrauchen. Du bist von uns beiden die Umwelt-Sau.«

»Mark lass uns darüber bitte nicht streiten. Du weißt genau, dass es anders ist.«

»Irgendwann bekommst du von mir einen richtigen Pelz geschenkt, das wirst du, meine Liebe, leider nicht verhindern können. Du musst ihn ja nicht auf der Straße tragen. Mir reicht es schon, wenn ich und andere dich darin ein paar Mal im Jahr so richtig rannehmen können. Was gibt es dabei eigentlich zu grinsen?«

»Ach nichts Mark, mir ging nur gerade ein Gespräch mit Miriam durch den Kopf. Hat jetzt nichts direkt damit zu tun, es ging damals um die Steinzeit.«

»Ja ja, und das soll ich jetzt glauben, oder? Aber wie auch immer, viel Zeit habe ich heute nicht, und für solche Diskussionen sowieso nicht. Bitte mach dich startklar und komm nach draußen, ich warte im Wagen auf dich.«

Vielleicht 45 Minuten später setzte Mark sie bei Robert ab. Er gab Lorena zur Begrüßung einen Kuss, und dann war er auch schon wieder weg.

»Kiara, ich bin so froh, dass das jetzt doch noch geklappt hat. Jonas ist in der letzten Zeit ziemlich mies drauf. Er geht kaum noch raus. Ein ganzer Tag mit dir wird ihm bestimmt gut tun. Wie läuft es denn mit dir und Mark?«

Kiara erzählte ihr ganz aufgeregt, was sie bei ihm für Alina erreichen konnte.

»Oh Kiara, er muss dich wirklich sehr lieb haben. Das ist eine große Geste von ihm. Denn schau mal, er möchte von dir ein Kind haben. In der Zeit hat er niemanden mehr dafür.«

»Wie meinst du das?«

Lorena lachte. »Ach Kiara, ich kenne diese Männer jetzt schon so lange, mich kann von denen keiner mehr überraschen. Mit Mark hast du einen sehr strengen, aber auch fairen und netten Mann gefunden. Wenn du schwanger bist, wirst du von ihm mit der gleichen Konsequenz in Watte gepackt werden, wie du jetzt die Peitsche erhältst. Es wird einfach keine Ausnahmen geben, egal was du machst. Du musst ihn nur fragen. Seine Antwort weiß ich schon jetzt: ›Ich schlage doch meinen Sohn nicht!‹ So etwas sagen sie dann immer und sie sollen es meinetwegen auch. Damit hat das aber nur wenig zu tun. Du bist schwanger und damit eine Heilige, du wirst es sehen.«

»Und danach?«

»Danach bist du wieder ein sündiges Weib, welches man nach Belieben herumreichen kann, eben weil es so sündig ist. Und die Peitsche bekommst du dann natürlich auch. Es ist komisch, gerade wenn Robert mich mal wieder so richtig bestraft hat, fühle ich mich besonders stark. Ich bin eigentlich nicht unbedingt masochistisch veranlagt, bitte denke das nicht von mir. Aber, wie soll ich es sagen? Wenn

Robert auf mich eindrischt, fühle ich mich ihm überlegen. Ich tue es dann für ihn, um einen Teil meiner Stärke ihm zu geben. Macht das für dich Sinn?«

»Oh ja, Lorena, das kann ich sehr gut nachvollziehen.«

»Wenn du schwanger bist und Mark einmal ein Ventil braucht: Er kann ruhig zu mir kommen. Ich kann damit umgehen.«

Kiara streichelte zärtlich ihre Hände.

»Sag mal, Lorena. Warum habt ihr eigentlich nur einen Sohn?«

»Ach, Kiara, das hat sich irgendwie so ergeben. Erst ist Jonas gekommen, und danach begann Robert, mich auszubilden. Das Sexuelle bekam plötzlich eine immer größere Bedeutung. Für ein Geschwisterchen für Jonas war dann keine Zeit mehr da. Ich wurde ja ständig von irgendwelchen anderen und zum Teil auch sehr brutalen Männern zugeritten. Ich will mich nicht beklagen, schließlich habe ich nie wirklich etwas gesagt. Vielleicht lag es auch daran, dass unser erstes Kind gleich ein Junge wurde. Wenn ich dir vielleicht einen Rat geben darf: wenn du mindestens zwei Kinder möchtest, dann schau, dass das Erste ein Mädchen wird.«

Kiara lächelte sie an.

»Lorena, können wir uns eigentlich nicht öfter sehen? Es ist so schön, sich mit dir zu unterhalten. Und ich glaube, ich könnte noch so viel von dir lernen.«

»Mir würde das auch sehr gut tun. Kiara, wir müssen das nur wollen. Die Zustimmung der Männer dürfte das kleinste Problem sein. Ich glaube, denen würde es sogar gefallen, wenn hin und wieder mal eine von uns bei ihnen zu Besuch wäre, glaubst du nicht?«

»Doch, das glaube sogar ganz bestimmt.«

»So, nun lass mich dich aber mal zu Jonas bringen. Darum geht es ja schließlich heute.«

Jonas war ihr gegenüber zunächst sehr reserviert. Dann spielte er ihr seine aktuelle Lieblingsmusik vor. Vor allem 2pac schien es ihm angetan zu haben.

»Du bist ja heute mächtig eingepackt. Willst wohl keinen an dich ranlassen? Nicht so wie beim letzten Mal als Nutte!«

»Ach Jonas, ich war auch beim letzten Mal keine Nutte.«

»Wieso? Du hast dich von mir direkt in den Arsch ficken lassen.«

»Jonas, damit ist eine Frau noch lange keine Nutte. Viele Ehefrauen tun das und genießen es sogar. Eine Nutte kommt zu dir für Geld. Du bezahlst, und dann macht sie das, was ihr vereinbart habt. Das war bei mir anders. Im Übrigen habe ich nichts gegen Huren. Oft sind das ausgesprochen nette Frauen. Ich habe mal eine im Studium kennengelernt, die sich damit alle Semester finanziert hat, und die fand ich sehr lieb.«

»Was soll bei dir anders sein, außer dass du bereits bezahlt bist? Dann hat beim letzten Mal eben mein Daddy dir das Geld gegeben.«

»Jonas, das stimmt so nicht. Auch dein Vater hat mich nicht bezahlt. Ich war ein Geschenk für dich. Ich gehöre jemandem, ich bin seine Sklavin. Ansonsten bin ich ein ganz normaler Mensch wie du, mit den gleichen Gefühlen, Träumen und Sehnsüchten. Wenn mich Mark jemandem zur Verfügung stellt, dann versuche ich stets mein Bestes zu geben und den anderen glücklich zu machen. Aber bezahlt werde ich für meine Dienste nicht.«

»Und warum gibst du jetzt nicht auch wieder dein Bestes? Du könntest dich zum Beispiel ausziehen, so wie beim letzten Mal.«

»Wenn du das möchtest, werde ich das für dich tun, Jonas, keine Frage. Aber ich glaube, das wäre nicht gut für dich und nicht gut für uns beide.«

»Und was sollen wir stattdessen machen? Was kann man mit einer Nutte außerdem anfangen?«

»Ich habe gehört, du würdest sehr schön Klavier spielen. Warum spielst du mir nicht einfach mal was vor?«

»Das würde dich tatsächlich interessieren? Das sagst du jetzt nur so. Lissy hat sich dabei immer total gelangweilt und wollte gleich was anderes unternehmen.«

»Jonas, würde ich sonst fragen? Wir haben den ganzen Tag Zeit für uns. Ich bin keine Nutte, bei der die ganze Zeit die Uhr tickt. Zeig mir einfach, wer du bist.«

Jonas führte sie in einen Kellerraum, in dessen Mitte ein riesiger Flügel stand. »Der hat mal meiner Mam gehört, sie spielt aber schon länger nicht mehr.« Zielstrebig setzte er sich ans Klavier und schlug die Tasten an.

Kiara verschlug es fast den Atem. Sie wurde Zeuge einer bemerkenswerten Metamorphose. Mit den ersten hämmernden Akkorden verwandelte sich der Junge in jemand völlig anderes. Klavier und Mensch verschmolzen zu einer Einheit. Sein Spiel wirkte extrem kraftvoll, souverän und männlich. Sie dachte an Beethoven. War er nicht ebenfalls eine eher unscheinbare und vielleicht sogar sehr schwierige Persönlichkeit gewesen, um im nächsten Augenblick wieder der überragende und kraftvolle Musiker zu sein?

Er spielte etwa zwei Stunden. Dann schlug er vor, in der nahen Umgebung ein Lokal aufzusuchen und etwas zu essen. Sie hakte sich bei ihm unter.

»Jonas, seit wann spielst du Klavier?«

»Ich kann mich nicht erinnern. Aber es gibt Fotos, da bin ich erst vier, und dennoch sitze ich bereits mit meiner Mam am Klavier und versuche die Tasten zu treffen. Meine Mam behauptet jedoch steif und fest, es hätte auch damals schon recht gut geklungen. Wenn du so willst, dann spiele ich seit immer.«

»Du weißt, dass du mich vorhin mächtig beeindruckt hast?«

»Nein, warum?«

»Vielleicht muss ich dir mal etwas über die Frauen erzählen. Jonas, keine Frau interessiert es wirklich, wie gut du sie in den Arsch ficken kannst. Viele Männer können das, und wenn es wichtig ist, dann holt man sich das bei denen, die es besonders gut können. Eine Frau will aber von dir überzeugt werden, von deiner Person. Und in der Hinsicht hast du mich vorhin viel stärker überzeugt, als in jeder anderen Minute zuvor. Bislang warst du für mich vor allem ein unscheinbarer Junge mit einem reichen Vater. Oder lass es mich noch deutlicher sagen. Du warst der Sohn deines Vaters und sonst nichts. Vorhin habe ich jedoch dich selbst gesehen. Das warst nur du. Und was ich zu sehen bekommen habe, hat mich tief beeindruckt. Wenn du jedoch nur der Sohn deines Vaters bist, dann wende ich mich besser direkt an ihn. Der kann mich bestimmt auch sehr gut in den Arsch ficken.«

»Das kann er. Brauchst du erst gar nicht auszuprobieren. Ist garantiert. Aber das hat er bestimmt auch schon, oder?«

»Ja, das hat er. Ich habe ihn in der Zwischenzeit bei Mark kennengelernt. Und es stimmt, er hatte mich auf einem Fest im letzten Sommer.«

»Wusste ich es doch!«

»Aber Jonas, das ist doch nicht wichtig. Für mich ist das ohne Bedeutung. Michael, Marks Freund, fickt mich zum Beispiel viel besser als dein Vater. Zusammen bin ich aber mit Mark. Und nun?«

»Ja aber was soll ich denn machen? Lissy hat sich nie für mein Klavierspiel interessiert. Mein Vater hält es ebenfalls für brotlose Kunst, um nicht zu sagen, für Blödsinn. Ich soll später mal seinen Betrieb übernehmen. Unlängst meinte er zu mir: ›Das Klavierspiel ist reine Zeitverschwendung. Du wirst es dir einmal genauso schnell abgewöhnen wie damals deine Mutter.‹«

»Warum spielt deine Mutter nicht mehr?«

»Ach, ich weiß es nicht, ich glaube mein Vater konnte damit nichts anfangen und hat es auch nicht gemocht.«

»Jonas, wenn Lissy sich nicht für deine Musik interessiert, dann war sie ohnehin nicht die Richtige für dich. Dann war sie vielleicht was fürs Bett oder auch fürs Ego, aber jedenfalls nichts für dich auf Dauer.«

»Fürs Ego vielleicht, das kann sein. Meinem Ansehen bei meinen Klassenkameraden hat sie jedenfalls gut getan. Aber fürs Bett war sie nichts. Das hat mich richtig fertiggemacht.«

»Was hat dich daran fertiggemacht?«

»Ach, sie wurde beim Ficken schon nach kurzer Zeit sehr laut, hat wie wild herumgestöhnt, die Augen verdreht und mir ›Komm jetzt‹ zugerufen. Danach war stets sehr schnell alles vorbei. Doch dann sagt sie zu dir, sie wäre im Bett noch nie gekommen. Das hat mich viel stärker fertiggemacht als die Trennung von ihr.«

Kiara nahm seine Hand. »Jonas, das kann ich sehr gut verstehen. Wie willst du auf diese Weise ein ungezwungenes Verhältnis zu Frauen bekommen?«

»Weißt du Kiara, oft habe ich die Schnauze gestrichen voll. Ich weiß nicht, was das ganze Leben soll. Mein Daddy erwartet Dinge von mir, die mich überhaupt nicht interessieren und die ich auch nicht mag. Mit Lissy war es anfangs schön, und dann drehte sich auf einmal alles nur noch um sie. Ich bin sehr häufig allein, da ich auch keine

Geschwister habe. Bei Lissy dachte ich zunächst, es würde sich endlich etwas ändern, stattdessen wurde alles nur noch schlimmer. Wenn ich sehr einsam bin, setze ich mich ans Klavier, und gleich darauf denke ich: reine Zeitverschwendung. Obwohl eigentlich schon mein ganzes Leben eine einzige Zeitverschwendung ist.«

»Jonas, das geht vielen jungen Menschen in deinem Alter so. Du hast dich selbst noch nicht gefunden. Und vor allem, du nimmst dich selbst nicht ernst. Hör nicht auf das, was die anderen für dich wollen. Du musst für dich selbst herausfinden, was du willst und was dir gut tut. Du musst dein Leben gestalten. Und wenn dir das tatsächlich gelingt, dann wollen dich auch die Frauen, und zwar gleich reihenweise. Wenn dein Vater dir keine Vorschriften machen würde: Was würdest du am liebsten tun?«

»Ich würde gerne Musik und Kunst studieren. Auch wenn ich damit kein Geld verdienen kann.«

»Jonas, dann mach das. Sag es deinem Vater, sag es ihm bestimmt und ganz unmissverständlich. Sag es ihm auf die gleiche männliche Art und Weise, mit der du die Tasten anschlägst. Und glaube mir, er wird es akzeptieren.«

Jonas schaute sie für einen Moment an. »Kiara darf ich dich etwas fragen?«

»Natürlich.«

»Würdest du noch einmal mit mir schlafen? Ich meine, so richtig? Ich würde so gerne mal sehen, wie eine Frau wirklich kommt. Es endlich mal bei einer schaffen.«

»Jonas, wenn du möchtest, bleibe ich die ganze Nacht bei dir. Das ist mit Mark so abgesprochen. Mir ist es normalerweise untersagt, beim Sex zu kommen, es sei denn, mir wurde es vorher ausdrücklich erlaubt. Mark beherrscht auf diese Weise meine Sexualität. Aber wenn du mir versprichst, mich wirklich als Frau zu behandeln und mir zeigst, wer du bist, dann werde ich mich nicht zurückhalten.

Ehrenwort! Aber bitte lass die Macho-Nummer weg, das bist du nämlich nicht! Die kann ich jeden Tag haben, und ich genieße sie auch oft, das gebe ich unumwunden zu. Aber bei uns beiden wäre das nicht richtig. Sei zärtlich zu mir, dann bekommst du alles, wirklich alles von mir.«

Jonas und Kiara schliefen fast die ganze Nacht miteinander. Alles, was Mark ihr beigebracht hatte, war ihr nun von Nutzen. Sie folgte mit ihrem Körper seinen Händen und seinen Lippen und gab sich ihm vollständig hin. Sie zeigte ihm, wie sie an ihren Brüsten angefasst werden wollte und wie er sie mit seinen Lippen und Händen beglücken konnte. Sie kam gleich mehrere Male zum Höhepunkt.

Dann befriedigte sie ihn zweimal mit dem Mund, um seine Ausdauer zu verbessern. Als er schließlich so weit war und in sie eindrang, legte sie ihre Arme um seinen Hals und ihre Beine auf seine Hüften, um ihn besonders intensiv spüren zu können. Seine Bewegungen waren fordernd, ganz so, wie es sein Klavierspiel war. Als sie die ersten Anzeichen eines sich nähernden Höhepunktes verspürte, gab sie ihm ein Zeichen, damit sie zusammen kommen konnten. Später taten sie es noch ein weiteres Mal. Gegen vier Uhr schliefen sie erschöpft ein.

Mark holte sie am nächsten Morgen ab und erkundigte sich sogleich, wie es zwischen ihnen gelaufen war. Sie gestand ihm, in dieser Nacht vielleicht fünf oder sechs Mal gekommen zu sein, bestand jedoch darauf, Jonas damit einen großen Wunsch erfüllt zu haben.

»Mag sein, Liebling. Du hast dich trotzdem nicht an unsere Regeln gehalten, oder besser ausgedrückt: Du hast sie auf die übelste Weise verletzt. Ich muss jetzt erst einmal ins Büro. Aber ich freue mich schon riesig auf den heutigen Abend. Da kannst du was erleben.«

Er behandelte sie eine Stunde lang intensiv mit der Peitsche. Danach war er jedoch noch liebevoller, als sonst. Er küsste ihren ganzen Körper immer und immer wieder.

Nachdem er sie in sein Bett gebracht hatte, schlang er seine Arme und Beine um sie und hielt sie die ganze Nacht an sich gedrückt. Mehrmals hörte sie ihn flüstern, sie sei sein Liebling, sein ganzes Herz, sein Ein und Alles.

EIN WOCHENENDE MIT ROBERT

»So, du miese Schlampe, endlich habe ich dich in meinen Händen. Du meinst wohl alle Männer um den Verstand bringen zu können? Doch das werde ich dir in den kommenden zwei Tagen ein für alle Mal austreiben, du mieses Stück.«

Robert hatte sie gegen 18 Uhr bei Mark abgeholt und sie ins ArabellaSheraton Grand Hotel gefahren, wo ein Zimmer für sie beide reserviert war.

»Zieh dich ganz aus, Schlampe, damit ich mir in Ruhe deine Strafe überlegen kann. Erst spannst du dem Jonas die Freundin aus, machst aus ihr eine Lesbe und später verdrehst du ihm auch noch restlos den Kopf. Jetzt will er Künstler werden! Ja glaubst du ernsthaft, ich hätte den Jonas aufgezogen und mich die ganzen Jahre um ihn gekümmert, nur damit er später in irgendwelchen Kneipen am Piano sitzt und Bier säuft?«

Kiara hatte jetzt nur noch ihr Halsband an. Ein Peitschenhieb traf ihre Oberschenkel.

»Hm, das tut gut! Heute bekomme ich endlich Genugtuung.«

Noch dreimal traf die Peitsche ihre Oberschenkel, auf denen sich die ersten rötlichen Striemen abzeichneten.

»Nimm ein paar Wolldecken und ein großes Handtuch, leg alles schön gefaltet auf den runden Besprechungstisch und hock dich im Fersensitz darauf. Aber dalli!«

Kiara gehorchte.

»Ich habe deinem Sohn nicht den Kopf verdreht.«

Ein besonders fester Schlag traf ihre Brüste.

»Was habe ich da gerade gehört? Zum einen hast du gesprochen, ohne gefragt zu werden. Zum anderen hast du mich mit ›du‹ angeredet. Ich verbitte mir das von einer Schlampe wie dir. Damit eins von vornherein ganz klar ist: Ich heiße für dich ›Herr‹ und werde von dir ausschließlich auf diese Weise angeredet. Und außerdem sprichst du nur, wenn du gefragt wirst. Verstanden?«

»Ja.«

Wieder ging ein Peitschenhieb auf ihre Brüste nieder.

»Wie war das?«

»Ja, Herr.«

»Schon besser. So, und damit du einen ungefähren Eindruck bekommst, wie der Rest des heutigen Abends verlaufen wird: Dir ist das Sprechen ab sofort untersagt. Ich werde dir erst die Klitoris stimulieren, und zwar so lange, bis sie schmerzt. Ich vermute mal, dass du dann die nächsten Stunden keine rechte Lust mehr auf Sex haben wirst. Die Zeit werde ich nutzen, um dich mehrfach ausgiebigst in den Arsch zu ficken. Ich liebe es, Frauen zu vögeln, obwohl sie längst nicht mehr wollen und können. Vertraue mir, selbst eine Schlampe und läufige Hündin wie du wird es ab irgendeinem Punkt nicht mehr mögen. Trotzdem wirst du widerstandslos hinhalten müssen. Dafür sind wir beide schließlich heute hier.«

Und so geschah es dann auch. In den nächsten Stunden drang er immer wieder fordernd und ausdauernd in sie ein und brachte sie damit an die Grenzen ihrer körperlichen Leistungsfähigkeit. Im Anschluss daran forderte er sie auf, ein paar Decken auf den Boden zu legen und die Nacht darauf zu verbringen. Mit einem Bein war sie an das

Fußende des Bettes gefesselt, während er gleich nebenan im großen Doppelbett schlief.

Nach dem Frühstück warteten sie zunächst, bis die Zimmermädchen ihren Raum wieder hergerichtet hatten. Anschließend schloss er die Tür und forderte sie auf, sich wie am Tag zuvor auf dem runden Arbeitstisch zu präsentieren. Sie hatte noch immer kein einziges Wort sprechen dürfen.

Die nächsten Stunden galten vor allem ihren Brustwarzen, die er zu quälen gedachte. Meist umfasste er sie mit seinen Fingern und presste sie so fest, wie er nur konnte. Gelegentlich wurde ihr dabei schwarz vor Augen, doch sie sagte weiterhin kein Wort. Ihr Atem beschleunigte sich und ihre Brüste bewegten sich rhythmisch auf und ab. In den wenigen Unterbrechungen der Tortur traktierte er ihren Körper mit der Peitsche, wobei er insbesondere ihren Brüsten zugetan war. Er gönnte ihr keine Erholung.

Am frühen Nachmittag war sie am Ende ihrer Kräfte. Und auch bei ihm machte sich längst Hunger bemerkbar.

»Wir werden jetzt zunächst eine kleine Pause einlegen, zumal ich mittlerweile richtig Appetit bekommen habe. Ich glaube, du kannst dir kaum vorstellen, wie anstrengend mein Job hier ist. Doch ich kann dir gratulieren, etwa vierzig Prozent meiner Zärtlichkeiten hast du bereits überstanden. Am späten Nachmittag wird es zunächst auf ganz ähnliche Weise weitergehen. Endlich habe ich dich einmal ganz allein in meinen Händen. Du hast mich schon länger verärgert. Lediglich die Tatsache, dass du als Sklavin dem Mark gehörst, hat dich bislang retten können. Doch nun hat er es ja offenkundig selbst bemerkt, was für eine miese Schlampe du bist. Endlich kann ich ganz frei über dich verfügen und dich dabei wieder zur Räson bringen. Den anderen scheint das offenbar nicht zu gelingen. Was hat eigentlich Marks Sinneswandel bewirkt? Was hast du angestellt? Sprich, Schlampe!«

Kiara hockte noch immer auf dem Tisch. Schweißperlen tropften von ihrer Stirn. Ihr Atem ging schwer.

»Herr, ich habe es ihm vorgeschlagen.«

Wutentbrannt drosch Robert auf ihren Rücken, ihre Oberschenkel, ihren Bauch und ihre Brüste ein. Schließlich zog er sie an den Haaren und zwang sie aufzustehen und die Beine zu spreizen. Während er sie am Nacken fest gepackt hielt, züchtigte er mit einem ledernen Flogger ihre Vulva.

»Du sollst mich nicht so unverschämt anlügen, dreckige Schlampe. Also, was hat Marks Sinneswandel bewirkt? Rede endlich!«

»Herr, Lorena hat mich gebeten, einen Tag mit Jonas zu verbringen, weil sie sich ernste Sorgen um ihn machte. Ich glaubte, Sie würden das nur gestatten, wenn Sie mich auch haben können. Also habe ich mit Mark einen Deal gemacht: Ich besuche den Jonas einen ganzen Tag lang, zumal das Treffen an seinem Geburtstag so unglücklich verlaufen ist. Dafür bekommen Sie mich für ein ganzes Wochenende. Ja und nun haben Sie mich. Sie dürfen mit mir machen, was Sie wollen, ich werde mich Ihnen nicht verweigern.«

Nachdenklich fuhr er mit seinen Händen ihren Körper ab. Sofort bot sie sich ihm an, wie es Mark ihr gelehrt hatte.

»Und warum sollte ich einem Treffen mit Jonas nur zustimmen, wenn ich dich auch haben kann? Was hätte das für einen Sinn gehabt, Schlampe?«

»Herr, weil Sie sonst auf Jonas neidisch gewesen wären. Weil Sie mich mögen, mich gern haben.«

Er sah sie irritiert an. Noch immer bewegten sich seine Hände druckvoll über ihren verschwitzten und erschöpften Körper. Wie eine schnurrende Katze folgte sie seinen Bewegungen.

Wieder nahm er den Flogger zur Hand, doch statt erneut wie besessen auf ihre Vulva einzudreschen, warf er ihn wutentbrannt zu Boden.

»Ach verdammte Scheiße, was soll es? Ja, es stimmt! Es stimmt alles! Es stimmt, verdammt noch mal! Seit ich dich das erste Mal auf Joachims Fest gesehen habe, gehst du mir nicht mehr aus dem Kopf. Dem Jonas habe ich dich doch nur zum Geburtstag geschenkt, weil ich dachte, an dem Tag zu Hause zu sein. Dann hätte ich dich für ein paar Stunden haben können, ohne dass es weiter aufgefallen wäre, zumal der Jonas sowieso nicht viel mit einer wie dir anzufangen weiß. Er ist ein totaler Versager. Der kommt ganz nach seiner Mutter. Eine einzige Enttäuschung ist der Junge. Und was habe ich den Mark beneidet um sein Glück, so eine wie dich aufzugabeln. Mein Gott hat der Kerl ein Schwein. Ja, ich wollte dich haben, am liebsten ganz für mich. Und nun höre ich, der Jonas, dieser Schlappschwanz, hat dich noch einmal für einen ganzen Tag bekommen. Was ist an dem dran? Ich hätte dir das so gerne an diesem Wochenende ausgetrieben. Alles aus dir rausgepeitscht, was mich seit Monaten verletzt. Ich kann dich nicht ganz allein für mich haben, deshalb soll dich auch kein anderer kriegen. An dir ist alles, aber auch wirklich alles reine Sünde. Schon allein der Duft deiner Haut. Du bist pure Sünde. Bei dir riechen selbst deine Hände nach Fotze. Von Kopf bis Fuß eine einzige große Vulva. Bei mir würdest du nicht Kiara, sondern Vagina heißen. Was soll ich jetzt bloß mit dir machen?«

Kiara schaute ihn zärtlich an. »Wir könnten uns lieben, jedenfalls bis morgen Abend noch.«

»Was habe ich gerade gesagt? Konnte irgendetwas anderes aus deinem Munde kommen, als solche Worte? Etwas anderes als ›Liebe machen‹? Du bist eine Fotze, und zwar alles an dir! Komm her, komm her zu mir, ich kann nicht mehr.«

Und damit packte er sie an ihrer Taille, nahm sie in seine Arme und küsste ihren mit rötlichen Striemen überzogenen Körper. Immer wieder fuhr er mit seiner Nase schnuppernd über ihre zarte Haut. »Alles Vagina!«, stammelte er vor sich hin.

So ging es vielleicht noch eine ganze Stunde. Schließlich beruhigte er sich wieder.

»Was machen wir beide denn jetzt bloß? Ich bin eigentlich kein Mann der großen Gefühle. Mir ist die Sache extrem unangenehm.«

»Robert, solche Dinge sind bei mir sehr gut aufgehoben. Ich verspreche dir, niemand wird je davon erfahren. Warum gehen wir nicht erst einmal in Ruhe essen? Ich habe ziemlichen Hunger, schließlich hast du mich gestern und heute ganz schön gefordert. Ja und danach fickst du mich einfach so lange, wie du möchtest. Und morgen wieder. Und dazwischen essen wir etwas und reden miteinander. Robert, ich gehöre dem Mark. Er hat mir sogar einen Heiratsantrag gemacht. Also daran lässt sich wirklich nichts mehr ändern. Aber Mark sagt immer, Freunde teilen ihre Sachen, ihre Frauen inklusive. Warum kommst du nicht gelegentlich bei uns vorbei und nimmst mich bei der Gelegenheit. Michael macht das genauso, obwohl er eine andere Freundin hat. Mark hat mir erklärt, es sei meine Aufgabe, anderen ein möglichst großes Vergnügen zu sein. Und diesen Auftrag nehme ich ernst. Es kann sein, dass man mir das mittlerweile anmerkt, sodass ich bereits wie eine einzige große Vulva wirke. Aber genauso will er mich schließlich auch haben.«

»Komm, lass uns beim Essen darüber reden. Ich bin sehr verwirrt und kann kaum mehr einen klaren Gedanken fassen. Vielleicht springst du noch kurz unter die kalte Dusche und salbst danach deinen Körper ein. Oder besser: Lass mich das für dich machen. Ich habe dir schließlich die Striemen zugefügt.«

Wenig später saßen sie im Restaurant Peninsula. Sie bestellte eine Dorade Royal, er Loup de Mer. Dazu tranken sie eine Flasche Wein und Mineralwasser.

»Kiara, ich werde versuchen, mich mit der Situation zu arrangieren. Es wird mir gewiss nicht leicht fallen, das weiß ich schon jetzt. Du bist die erste Frau, die ich am liebsten ganz für mich allein hätte, die ich nicht mit anderen teilen möchte. Aber vielleicht hast du absolut recht. Ganz besonders zieht mich deine provozierende Willigkeit an, die jedoch möglicherweise gerade das Ergebnis deiner allgemeinen Verfügbarkeit ist. Wenn ich dich für mich alleine hätte, würde dir vielleicht ein Teil deines Reizes abhandenkommen. Trotzdem: Ich habe dich regelrecht zum Fressen gerne. Und das ist wörtlich gemeint. Am liebsten würde ich dir etwas antun. Doch keine Sorge, so etwas werde ich nicht tun. Aber alles an dir scheint zu sagen: Fick und friss mich.«

»Das hast du sehr schön gesagt. Ich spüre einen sehr starken Wunsch in mir, mich dominanten Männern zu unterwerfen, ihr Spielzeug zu sein. Ich glaube, das konnte man zum Teil schon immer spüren, jedenfalls gab es mal ein Erlebnis im Sheraton am Flughafen, was vor der Zeit mit Mark liegt und mich damals sehr nachdenklich gemacht hat. Wie gesagt, ich bin das Eigentum von Mark, er bestimmt. Aber von meiner Seite bist du als Marks Freund natürlich jederzeit willkommen.«

»Was hast du denn eigentlich mit den Frauen? Man hört die ganze Zeit, dass du dich an Lesben heranmachst.«

»Ach Robert, da ist nichts dran, das sind nur Marks übliche Sticheleien. Ich mag Frauen genauso wie Männer. Beim Sex sind sie eine ideale Ergänzung, sie sind sehr zärtlich, wie ich es manchmal auch brauche. Ich liebe Alina, teile mit ihr eine kleine Wohnung, wir schlafen zusammen, dürfen aber nicht zum Höhepunkt kommen. Mark hat uns das untersagt, und daran halten wir uns auch. Alina ist eine

Lesbe, sie mag nur Frauen. Trotzdem schläft sie als Marks Sklavin mit Männern, und zwar genauso oft, wie ich das tue. Ich finde es sehr schön, eine gleichwertige Person an meiner Seite zu haben. Das erleichtert das Leben einer Sklavin ungemein. Ich glaube nicht, dass ich das sonst alles aushalten könnte. Schau mal, die bisherigen Stunden mit dir waren sehr hart. Sie gehörten bestimmt zu den härtesten Stunden, die ich während meiner Sklavinnenzeit durchzustehen hatte. Die Kraft dazu gibt mir ganz entscheidend Alina.«

»Ich kann das verstehen. Ich denke, Lorena hätte auch manchmal eine beste Freundin gebraucht, die aus unserem Umfeld stammt, eine andere Sklavin beispielsweise. Stattdessen hat sie sich sehr stark auf Jonas fixiert, vielleicht auch um einmal Ruhe vor den sie bedrängenden Männern zu haben. Damit hat sie jedoch ein Muttersöhnchen aus ihm gemacht.«

»Jonas ist kein Muttersöhnchen.«

»Ach der weiß doch noch nicht einmal, wie man eine Frau richtig anpackt. Und dann dieses ständige Gedudel auf dem Klavier. Rauf und runter die Tonleiter, wie früher meine Frau.«

»Robert, sicherlich muss der Jonas des Öfteren Etüden spielen. Er ist aber grandios. Hast du ihn mal am Klavier gesehen?«

»Nein, es reicht mir, ihn zu hören.«

»Dann schau ihn dir einmal an. Der wird nach den ersten Anschlägen zum Tiger. Er ist dann ein ganz anderer Mensch. Du erkennst ihn nicht wieder. Ich habe nur noch staunend da gesessen. Und wenn du das alles einmal gesehen hast, wird dir sofort klar: Der wird niemals glücklich, wenn er in deine Fußstapfen treten soll. Der muss etwas anderes machen. Robert, der muss seinen eigenen Weg gehen, sonst machst du den Jungen unglücklich. Auch beim Sex hast du ihn – ich sage es einmal ganz offen – bereits verdorben.

Dem schwirrt in erster Linie Arschficken im Kopf herum, obwohl er noch gar keine richtigen liebevollen Erfahrungen mit Frauen gemacht hat. Unser Zusammensein an seinem Geburtstag war ganz schrecklich für mich und für ihn vermutlich auch. Beim letzten Treffen waren wir dagegen die halbe Nacht zusammen im Bett. Er hat mich sehr befriedigt. Er war sehr aufmerksam und liebevoll, ein wunderbarer Liebhaber. Ich will das nicht immer so auf diese Weise. Meist bevorzuge ich den harten Sex, mag es, wenn Männer sich einfach holen, was sie wollen, und keine Rücksicht auf mich nehmen. Aber zu ihm passt das nicht. Er ist ein ganz anderer Mensch als du. Gib ihm doch die Möglichkeit, zu sich selbst zu finden und sich zu entwickeln. Er leidet unter der momentanen Situation sehr. Du hältst sein Klavierspiel für Zeitverschwendung, ihm gibt es hingegen Halt. Und es ist etwas, wo er herausragt, was er besser kann als andere. Lass ihn doch machen.«

»Hast du dich vorher mit Lorena abgestimmt. Wollt ihr mir jetzt zusammen einheizen?«

»Nein Robert. Lorena hat mich gebeten, mich um Jonas zu kümmern. Allein mit dieser Lissy ist ja so viel schief gelaufen, das kannst du dir gar nicht vorstellen. Ich habe mich länger mit Jonas unterhalten und kann dir nur sagen: Er leidet sehr unter seiner jetzigen Situation. Robert, er ist dein Sohn. Lass ihn so, wie er ist. Er ist gut so. Ich habe es selbst erlebt, und wenn du es genau wissen willst, sogar sehr sehr deutlich gespürt.«

»Aha. Das hätte ich dem Jungen gar nicht zugetraut.«

»Doch Robert. Ich bin am nächsten Abend von Mark sehr lange ausgepeitscht worden, so deutlich habe ich Jonas in der Nacht gespürt. In der Hinsicht kannst du mir absolut vertrauen.«

Die restliche Zeit mit Robert verging wie im Fluge. Sie hielten sich an ein sehr einfaches Programm: Sex, essen, reden, etwas schlafen und wieder Sex. Es war ohnehin das, was Kiara am liebsten tat: Andere Menschen mit ihrem Körper und ihrer Seele glücklich machen.

MICHELLE UND ELLEN

MICHELLES ÜBERRASCHENDER BESUCH

Kiara redigierte gerade ihr neuestes Manuskript, als es an der Tür klopfte.

»Es ist offen.«

Herein trat Michelle. Sie trug ein schwarzes Kleid mit einem Oberteil in Ringeldessin.

»Michelle! Was für eine Überraschung! Ich freue mich. Was machst du denn hier bei uns?«

Die beiden Frauen gaben sich einen innigen Kuss.

»Schätzchen, ich freue mich auch, dich zu sehen. Ich war mit Mark verabredet, das Gespräch dauert zwar noch etwas an, aber ich konnte mich vorhin ein wenig loseisen.«

»Alina ist auch da. Willst du sie sehen?«

»Ja Schätzchen. Wenn ich schon einmal hier bin, möchte ich mich auch mit euch beiden vergnügen. Komm, lass uns was zusammen machen, ja?«

Wenige Augenblicke später schloss sie Alina in die Arme.

»Michelle, wir gehen noch einmal kurz ins Bad. Hast du ein Lieblingsparfum?«, fragte Kiara.

»Wie sieht es mit Eternity aus?«

»Habe ich.«

»Dann nimm du bitte Eternity und Alina das Opium.«

»Okay, wird gemacht.«

Die beiden Frauen zogen sich aus und verschwanden kichernd wie aufgeregte junge Mädchen im Bad.

»So Kiara, leg dich bitte aufs Bett, spreize deine Beine, und du Alina assistierst mir ein wenig dabei.«

Alina strahlte übers ganze Gesicht.

»Alina, leck mit deiner Zunge sanft und langsam ihre Vulva, aber bitte wirklich ganz ganz langsam. Und umkreise dabei häufiger einmal sehr zärtlich ihre Klitoris.«

Michelle hockte sich derweil neben Kiara und schaute ihr tief in die Augen. Mit ihren Fingern stimulierte sie ihre Brustwarzen. Ab und an beugte sie sich ein wenig nach vorne, um ihr einen Zungenkuss zu geben, den Kiara prompt erwiderte. Manchmal berührten sich auch nur ihre Lippen.

»Komm Schätzchen, lass deinen Atem frei fließen. Alina und ich möchten schließlich hören, wie weit du gerade bist.«

Kiara ahnte, dass die nächsten Stunden für sie nicht leicht sein würden. Doch sie gab sich bereitwillig ihrem Schicksal hin. Mal reizte Michelle Kiaras Knospen nur mit den Daumen, ein anderes Mal nahm sie sie zwischen die Finger. Dann wiederum berührte sie sie nur ganz zart mit den Fingerkuppen, sodass sie sich spontan noch ein wenig weiter aufrichteten. Und während Alinas Zunge Kiaras Klitoris liebkoste, umfassten ihre Hände deren Taille, glitten weiter zum Bauch, um sich dann kurz auf dem Venushügel auszuruhen und schließlich über Hüften, Oberschenkel und Po zu wandern. Die beiden Frauen beherrschten sie jetzt mit ihren Zärtlichkeiten.

Michelle warf Alina gelegentlich versteckte Blicke zu, die ihr bedeuteten, wie sie ihre Zunge optimal einzusetzen habe. Speziell dann, wenn Kiara wieder einmal etwas ruhiger zu sein schien, streichelten Michelles Hände seelenruhig über ihren Körper. Sie begann meist an den Lippen, fuhr weiter über den Hals, den Busen und die Brüste, über den Bauch bis hinunter zum Venushügel, um schließlich unmittelbar vor und manchmal auch erst in Kiaras Lustzentrum zur Ruhe zu kommen. Kiara konnte dann spüren, wie sich die sexuelle Energie ihrer wieder bemächtigte und sich ihr Atem beschleunigte. Michelle hatte längst die Kontrolle über sie und ihren Körper gewonnen.

»Liebchen, irgendwann wirst du uns hörig sein. Wir werden dich für die Liebe unter Frauen süchtig machen. Lass dich fallen. Nun gehörst du ganz allein uns.«

Auf diese Weise verbrachten sie noch eine halbe Stunde mit ihr. Kiara gab sich ihnen völlig hin. Ihr Körper war das Instrument, auf dem die beiden Frauen spielten.

»Alina, übernimm du sie jetzt. Ich möchte dir einmal zeigen, wie du sie dir zu eigen machen kannst. Setz dich neben sie, leg eine Hand in ihren Nacken, die andere an ihre Spalte und dann schau ihr ganz tief in die Augen. Du hast sie ja bei anderen schon des Öfteren kommen sehen und wirst bestimmt längst wissen, wann sie so weit ist. Mach mit deinen Fingern genauso weiter, wie du es eben mit deiner Zunge gemacht hast. Ganz, ganz langsam, damit du jederzeit rechtzeitig reagieren und sie sicher kontrollieren kannst. Und gib ihr zwischendurch immer mal wieder einen Kuss, das wird sie beruhigen. Aber damit zeigst du ihr auch, wem sie sich zu ergeben hat. Und wenn Kiara dir nicht in die Augen schaut, dann ergreif ihren Nacken und leg ihren Kopf so zurecht, wie du es für dich brauchst. Sie soll dir nicht ausweichen können. Sie soll sehen, wie du mit ihr spielst und dich an ihr erfreust. Ich kümmere mich in der Zwischenzeit ein wenig um ihre Knospen. Ja Kiara, streck mir deine Brüste entgegen, zeig mir alles, was du hast. So ist es gut, so gefällst du mir.«

Kiara befand sich wie in Trance. Sie wünschte sich so sehr, endlich einmal kommen zu dürfen. Doch immer dann, wenn sie sich wieder ganz knapp davor befand, verriet sie ihr entrückter und zugleich flehentlicher Blick. Sofort nahm Alina dann ihre Stimulationen ein ganzes Stück zurück. Kiara überlegte, ob sie die beiden vielleicht täuschen könnte, ob es eine Möglichkeit gab, ihren Blick so zu verstellen, dass ihr ihre Bereitschaft nicht mehr anzusehen war. Es gelang ihr jedoch nicht. Und als sie Alina ein weiteres Mal mit ihren Augen anflehte, geschah erneut nichts weiter, als dass Alina in ihren Bewegungen nachließ, Kiaras Kopf ein wenig in die Höhe nahm, sich über sie beugte und sie intensiv und liebevoll auf den Mund küsste, während Michelles Finger erbarmungslos an ihren Knospen spielten.

»So Alina, unser Schätzchen darf sich jetzt etwas erholen. Lassen wir sie wieder zur Ruhe kommen.«

»Ich würde sie so gerne noch erlösen, Michelle. Darf ich?«

»Nein, Alina, wir haben noch etwas mit ihr vor. Vertrau mir, sie wird gleich noch oft genug kommen. Wenn du sie so wie gerade eben verführst, solltest du sie dennoch hin und wieder zum Höhepunkt bringen. Das wird ihr gut tun. Übertreib aber bitte nicht, denn je sparsamer du damit umgehst, desto stärker kannst du sie dir zu eigen machen.«

Kiaras Atem beruhigte sich langsam wieder.

»Komm, Liebchen, lass uns nach oben zu Mark gehen. Nun bist du für alles Weitere perfekt vorbereitet. Gleich wirst du erlöst.«

ELLEN, ABI UND JOHN

Kiara und Alina waren entsetzt: Im Wohnzimmer wartete Ellen. Neben ihr saßen zwei hünenhafte, sehr spärlich bekleidete und an den Gliedern beringte Männer, die auf die Namen John und Abi hörten. Abi war Schwarzafrikaner, John sah eher wie ein typischer Europäer oder US-Amerikaner aus.

Ellen musterte die entblößten Körper der beiden Frauen: »Mark und Michael mussten kurzfristig weg.« Dann richtete sie das Wort an ihre beiden Begleiter:

»John und Abi, eure Mahlzeit ist da! Nehmt sie euch!«

Abi ließ Kiara vor sich niederknien und schob ihr sein riesiges Glied in den Mund. Schon bald war es steif genug, um in der Menüfolge voranschreiten zu können. Abi nahm Kiara wie ein kleines Barbiepüppchen hoch und setzte sie unvermittelt auf seinem riesigen erigierten Penis ab. Sie war noch so feucht und geweitet, dass er problemlos in sie eindringen konnte. Mit beiden Händen stützte er sie unter ihrem Gesäß ab. Um ausreichend Halt zu finden, schlang sie ihre Arme um seinen Stiernacken. Und dann legte er auch schon los. Für Momente befürchtete sie, er könnte sie aufspießen. Doch bald entspannte sie sich, und wenige Momente später kam sie das erste Mal zum Höhepunkt, was sich in der Folge noch öfter und dann fast im Minutentakt ereignen sollte.

Alina steckte derweil auf John. Sie schrie, trommelte mit ihren Fäusten auf seinen Brüsten, doch beeindrucken konnte sie ihn damit nicht. Kiara machte sich Sorgen um ihre Freundin, da sie noch etwas enger gebaut war als sie selbst. Sie suchte und fand ihren Blick. Alina öffnete ganz kurz ihre Augen und zwinkerte ihr – für andere nicht sichtbar – für den Bruchteil einer Sekunde zu. Kiara entspannte sich erneut, ließ die Sache laufen und alles Weitere über sich ergehen.

Die beiden Hünen wechselten sich ein paar Mal ab, probierten alle Öffnungen der beiden Frauen in verschiedenen Stellungen durch, um sich schließlich gemeinsam an Kiara zu vergnügen. Doch nun waren auch ihre weit gesteckte Grenzen deutlich überschritten. Hilflos trommelte sie auf den unter ihr liegenden John ein. Und schließlich rief sie »Stopp!«, dann »Schluss!«, dann »Erbarmen!«, dann wieder »Stopp!«, und das alles laut und deutlich und für jeden hörbar. Alina wollte ihr zu Hilfe eilen: Achtlos, und wie ein Spielzeug fast, wurde sie beiseitegeschoben. Michelle bat eindringlich, dies alles zu beenden, doch Ellen und ihre Hünen reagierten nicht. Nach einem schier endlosen Akt ließen die beiden Männer schließlich von Kiara ab, woraufhin sie erschöpft zu Boden glitt und leblos liegen blieb. Alina war sofort zur Stelle, streichelte ihre Haare und nahm sie in die Arme und küsste sie.

Ellen wandte sich eiskalt lächelnd den beiden Frauen zu.

»Kiara steh auf! Ich werde dich jetzt auspeitschen, und zwar wie beim letzten Mal. Alina wird mir dabei assistieren. Alina, das kennst du ja noch. Hilf ihr hoch und binde ihre Hände fest, damit John sie an der Vorrichtung zur Decke hochziehen kann. Erst jetzt kommt für mich der vergnüglichste Teil unseres gemeinsamen Zusammenseins.«

Mit fast katzenartiger Geschmeidigkeit erhob sich Alina vom Boden. Alle Fasern ihres Körpers schienen gespannt zu sein. Und dann sprach sie es: »Ich werde nichts dergleichen tun.«

Ellens Augen funkelten. Sie konnte nicht glauben, was sie gerade gehört hatte. »Was hast du gesagt?«

Alinas Blick hatte etwas furchtlos Trotziges an sich genommen. Ihre Stimme schwoll an:

»Ellen, war das wirklich so schwer zu verstehen? Ähm, ich wiederhole es sicherheitshalber noch einmal für dich. Ich werde nichts dergleichen tun!«

Ellen zückte ihre Peitsche, doch Alina beeindruckte sie damit nicht. Im Gegenteil: Sie richtete sich ein Stück weiter auf, spannte ihre Nackenmuskulatur an und schleuderte ihr einen Blick voll unendlicher Verachtung entgegen. Ellen wich erschrocken einen Schritt zurück.

Michelle rief ihr flehentlich zu: »Ellen, bitte!«

Doch Ellen kannte kein Pardon.

»John, um die Lesbe Alina kümmere ich mich gleich selbst. Binde der am Boden liegenden Schlampe die Hände zusammen und häng sie drüben an der Decke auf! Dann wirst du sie eben festhalten, wenn sie von mir die Peitsche bekommt. Und die wird sie bekommen!«

»Wird sie nicht, wetten dass?«

Man hätte eine Stecknadel fallen hören können, so still war es plötzlich im ganzen Raum.

Ellen lief puterrot an. »John, come on!«

John bewegte sich provozierend lässig und gemächlichen Schrittes auf Kiara zu. Und da passierte es dann.

Noch ehe überhaupt irgendjemand reagieren konnte, hatte Alina bereits ihr Knie mit voller Wucht in Johns empfindlichste Stelle gerammt. Aber nicht genug damit. Sie hörte nicht auf. Sie trat und trat und trat und trat. Sie wirkte wie rasend, wie außer sich. John krümmte sich vor Schmerzen, doch Alina kannte kein Erbarmen. In ihren Augen stand der pure Hass. John plumpste auf das Parkett wie ein nasser Sack.

Alina stellte sich zitternd vor die immer noch reglos am Boden liegende Kiara. Sie war nackt, wehrlos, an ihren Beinen lief der Saft der beiden Männer herab, und doch schien sie vor Selbstbewusstsein zu strotzen. Langsam, ganz langsam hob sie ihren Zeigefinger und wies zur Tür:

»Raus! Raus! Und zwar alle! Raus Ellen! Und vergiss deinen Müll nicht mitzunehmen!«

Michelle packte Ellen am Arm. »Komm Ellen, lass uns bitte endlich gehen, bitte, bevor noch ein Unglück geschieht. Das ist Marks Angelegenheit, nicht deine und nicht meine. Bitte Ellen!«

Sekunden später waren sie verschwunden.

Alina eilte ins Badezimmer und kehrte mit Waschzeug und Salben zurück. Sie reinigte und kühlte ihre Freundin, dabei immer und immer wieder vor sich hinmurmelnd:

»Liebste, ich passe in Zukunft auf dich auf, das verspreche ich dir. Das wird dir niemand mehr antun. Bei mir bist du sicher. Ich hab dich so lieb.«

Später brachte sie sie zu Bett, wo sie sich weiter um sie kümmerte und sie mit Umschlägen und Kräutertees versorgte. Den ganzen restlichen Tag schlief Kiara oder döste vor sich hin. Gegen Abend hatte sie sich bereits wieder weitestgehend erholt.

ABENDS MIT MARK

Mark kehrte erst kurz vor Mitternacht zurück. Er rief die beiden Frauen sogleich zu sich.

»Liebling, du siehst sehr erschöpft aus. Wie geht es dir?«

»Ach Mark, dank Alina schon viel viel besser. Morgen bin ich bestimmt wieder ganz die alte.«

»Es tut mir leid, dass ich heute völlig unerwartet und kurzfristig nach Stuttgart aufbrechen musste. Aber es gab ein erhebliches geschäftliches Problem, was meiner und auch Michaels Anwesenheit bedurfte. Ich wäre liebend gerne hier geblieben. Besser wäre es wohl auch gewesen. Was ist denn passiert?«

»Ach Mark, Ellen war mit zwei Monstermännern hier. Anfangs ist es ja noch gut gegangen. Aber als sie zum Schluss beide in mir drin waren, da war es auch für mich zu viel. Einer stieß ständig bei mir vorne an und tat mir sehr weh dadurch. Ich habe gerufen, geschlagen, gebeten aufzuhören, und irgendwann sogar regelrecht das Bewusstsein verloren. Danach war ich fürchterlich erschöpft, und in mir tat noch immer alles weh. Ich habe das meiste auch nur wie durch einen grauen Schleier wahrgenommen, ich kann dir deshalb nicht wirklich sagen, was alles passiert ist.«

»Nun ja, es scheint sehr viel passiert zu sein, jedenfalls wurde ich ganz unabhängig voneinander zunächst von Ellen und später auch von Michelle angerufen. Und beide waren aufs Äußerste empört.«

»Mark, wenn du meinst, dass ich dich enttäuscht habe, dann bestrafe mich dafür. Aber bitte bitte heute nicht. Das ertrage ich nicht mehr. Ich möchte gleich nur noch schlafen gehen.«

»Alina, du hast aber doch sicherlich alles mitbekommen. Vielleicht kannst du mir berichten, was wirklich passiert ist.«

Alina gab eine detaillierte Beschreibung des Geschehens. Allerdings blieb sie bezüglich der Beteiligung ihrer Person in ihrer Darstellung recht ungenau. Unter anderem behauptete sie, nur einmal ganz kurz zugetreten zu haben, und dann sei dieser große, aber scheinbar sehr empfindliche Mann auch schon in sich zusammengebrochen. Ja und dann habe sie die anderen gebeten, das Haus zu verlassen, weil sie sich um Kiara kümmern müsse, was diese dann auch sofort getan hätten.

Mark grinste.

»Mark, trenn mich bitte nicht von Kiara. Ich habe Kiara wirklich sehr lieb. Ich würde alles für sie tun. Wenn du mich verstößt, dann weiß ich wirklich nicht mehr, was ich machen soll. Ich wüsste nicht einmal, wohin ich gehöre oder gehen kann.«

»Alina, womit wir bei einem wirklich ernsten Thema wären. Ich habe Kiara gefragt, was sie über dich weiß, zum Beispiel woher du kommst, wer deine Eltern oder Geschwister sind. Sie wusste nichts. Offenbar willst du es ihr nicht sagen. Das könnte auf Dauer ein großes Problem werden.«

»Ich weiß.«

»Hast du mal Karate gemacht?«

»Nein, warum?«

»Ach, ich dachte für einen Moment, das wäre in deiner Vergangenheit vielleicht einmal lebensnotwendig für dich gewesen, oder?«

Alina schwieg. Mark und Kiara schauten sie mit großen Augen an.

»Alina, ich sage es dir ganz offen. Ich habe mir drei Berichte über den heutigen Vorfall angehört: einen von Ellen, einen von Michelle und einen von dir. Den von Kiara kann ich nicht werten, weil sie den entscheidenden Teil überhaupt nicht mitbekommen hat. Zwei Berichte waren bezüglich der Punkte, die Kiara betreffen, weitestgehend deckungsgleich, nämlich der von Michelle und der von dir. Und zwei andere Berichte waren bezüglich deines Verhaltens recht übereinstimmend, nämlich der von Michelle und der von Ellen. Und als gänzlich Unbeteiligter kann ich daraus eigentlich nur schließen: Michelle scheint im Großen und Ganzen das Geschehen richtig wiederzugeben. Und das heißt zwangsläufig: Du hast bei der Beschreibung deiner Beteiligung an den Ereignissen nicht die volle Wahrheit gesagt.«

»Ich weiß, dass du mir nicht glauben wirst. Ich bin eine Sklavin, eine Lesbe und eine Frau, schlimmer geht es doch eigentlich gar nicht mehr.«

»Alina, darum geht es jetzt überhaupt nicht. Vielleicht kann ich dir eine kleine Brücke bauen, damit wir ein Stück weiterkommen. Michelle hat dein Verhalten ganz anders beschrieben, als du es getan hast. Und dieses Verhalten hat mir sogar noch viel besser gefallen als das, was du von dir erzählst. Michelle würde das sicherlich ganz ähnlich sehen, denn sie war voll des Lobes über dich, um nicht zu sagen, sie war begeistert. Alina, nun sag bitte endlich, was mit dir los ist. Du hast diesem Mann nicht einfach nur einen Tritt verpasst. Der liegt für den Rest der Woche im Krankenhaus.

Ich konnte gerade noch die üblichen polizeilichen Ermittlungen verhindern.«

»Mark, was willst du denn hören?«

»Alina, ich will dir nichts tun, glaub mir. Auch bin ich weit davon entfernt, dich von Kiara trennen zu wollen. Aber Michelle hat mir heute am Telefon erzählt, dass sie so etwas noch nie gesehen hätte, höchstens im Film. Du hättest dem großen John mal gerade bis zur Brust gereicht, hättest ganz wehrlos und unbekleidet da gestanden. Aber alles an dir, jede Faser deines Körpers, hätte signalisiert: nur über meine Leiche. Wenn es notwendig gewesen wäre, hättest du heute für Kiara getötet. Oder dich selbst töten lassen. Und das findet meine ausdrückliche Wertschätzung.«

Kiara gab Alina einen dicken Kuss auf den Mund. »Danke Liebste. Ich habe mir so etwas schon fast gedacht, war mir aber nicht sicher, ob ich das nur geträumt hatte. Du kamst mir fast wie ein Samurai dabei vor.«

»Genau! Alina als Samurai für Kiara, das könnte mir sogar gefallen. Alina willst du Kiara und mir nicht einfach mal was über dich erzählen? Ich glaube nicht, dass ein Mädchen, was zum Beispiel bei Robert und Lorena aufgewachsen wäre, sich in einer vergleichbaren Situation auch nur annähernd ähnlich verhalten hätte. Auch Michelle war ja offenbar dazu nicht in der Lage. Da muss einfach bei dir mehr dahinter stecken. Mach doch aus deinem Herzen keine Mördergrube, wir beide mögen dich.«

»Du mich auch?«

»Ja, Alina. Nicht so als Frau wie Kiara, aber als Mensch habe ich dich schätzen gelernt. Ich mag dich sehr!«

»Nicht so als Frau? Bin ich für dich keine Frau, nur weil ich Frauen mag?«

»Alina, das habe ich damit nicht gemeint. Du bist eine sehr attraktive Frau. Aber ich stehe auf einen anderen

Frauentyp. Nicht unbedingt vom Aussehen, aber vom ganzen Wesen her. Die Tatsache, dass du auf Frauen stehst, spielt dabei für mich keine Rolle. Aus Kiara hast du ja nun schließlich auch eine Lesbe gemacht, das hat meinen Gefühlen ihr gegenüber aber keinen Abbruch getan.«

Kiara lächelte müde. Sie hatte keine Lust, sich jetzt an einer Diskussion über Frauen und Männer zu beteiligen.

»Also für euch Männer muss sich eine Frau unterwerfen und alles mitmachen, was ihr wollt, ist es das? Und wenn eine das nicht will, dann ist sie nicht der richtige Typ, oder?«

»Alina, bitte verwechsele nicht ›die Männer‹ mit mir. Ich gebe zu, mich zieht Kiaras natürliche Hingabe sehr stark an. Das macht für mich einen wesentlichen Teil der Erotik in unserer Beziehung aus. Und ich vermute, du erlebst das ihr gegenüber ganz ähnlich. Ist das schlimm? In diesem Punkt sind wir doch gar nicht so verschieden, oder? Daneben gibt es aber natürlich wesentliche Unterschiede zwischen Männern und Frauen, und das ist auch gut so.«

»Und die wären?«

»Schau mal Alina. Wenn unsere Vorfahren nicht mehr genug Nahrung fanden, dann ist da bestimmt einer losgegangen und hat geschaut, ob es hinter dem nächsten Bergrücken noch etwas anderes gibt. Das konnte nur ein Mann sein, weil nur der die Kraft dazu hatte und an kein Kind gebunden war. Und der war dann wie von einer fixen Idee besessen und hat vielleicht alles auf eine Karte gesetzt. Oft ist der gar nicht mehr zurückgekehrt, weil er sich verlaufen hat oder in den Bergen erfroren ist. Manchmal fand er aber auch das Gelobte Land. Und so eine Lebenseinstellung findest du fast nur bei Männern. Auch heute noch. Ich kenne Männer, die sitzen wochenlang in ihrem Keller und tüfteln an einer Idee, weil sie daran glauben. Viele von ihnen scheitern kläglich. Andere kommen durch und sind dann Helden, manchmal auch erst lange, nachdem sie gestorben sind. Männer machen das aber nicht nur für sich selbst. Ganz tief in ihrem Herzen hoffen sie, dass sie den Bergrücken überwinden und das Gelobte Land finden werden. Danach kehren sie zu ihrem Stamm zurück, der ihnen hoffentlich folgen wird. Manchmal ist dazu viel Überzeugungskunst erforderlich, oder auch mehr. Aber irgendwann kommen sie im Gelobten Land an. Und dann werden diese wagemutigen Männer in weiche Arme geschlossen. Dafür haben sie gelebt. Ich kenne fast nur Männer, die so sind, und das wird auch immer so bleiben. Hoffentlich! Unser Wagemut funktioniert nur mit eurer Hingabe. Wenn unten am Berg keiner mehr wartet, der bereit ist zu folgen, dann brauche ich doch erst gar nicht loszugehen.

Alina, ich kann es nicht ändern. Genau wie dich ziehen mich Frauen wie Kiara an. Trotzdem mag ich dich sehr. Auch als Frau. Und das würde mir wohl noch mehr gelingen, wenn ich endlich mal was von dir wüsste!«

»Na, das ist ja ein Ding! Okay, du hast recht. Irgendwann kommt es sowieso raus, warum soll ich es die ganze Zeit für mich behalten?

Mein Vater war ein Drogendealer und sitzt im Knast. Meine Mutter ist tot, meine kleinere Schwester auch.

Von den Jungs in meiner Nachbarschaft bin ich schon frühzeitig belästigt worden. Ich habe sie mir aber fernhalten können. Meine Schwester ist jedoch mit zwölf auf dem Nachhauseweg von ein paar Jungs aus dem Viertel vergewaltigt worden. Nachdem sie es mir erzählt hat, habe ich sie immer von der Schule abholt. Dafür musste ich des Öfteren schwänzen, was mir ein paar Verweise eingebracht hat. Ja und einmal sind die Jungs auf dem Nachhauseweg wiedergekommen, weil sie sie noch mal haben wollten. Einen haben sie wochenlang zusammenflicken müssen, ich hatte damals Boots an. Heute habe ich mich exakt so gefühlt wie damals.

Meiner Schwester hat das leider nichts genützt. An einem anderen Tag habe ich sie zunächst von der Schule abgeholt. Danach bin ich in meine Schule zurückgekehrt, weil ich an dem Tag nachsitzen musste. Im Anschluss daran war ich noch bei einer Klassenkameradin, und als ich so gegen sechs nach Hause kam, waren meine Schwester und meine Mam tot. Beide aufgeschlitzt. Es hieß später, das wäre 'ne andere Gang gewesen. Also wegen der Drogen, wisst ihr?

Ich habe meine Schwester im Stich gelassen. Das verzeihe ich mir nie. Und das soll mir nie wieder passieren.«

Mark und Kiara schauten sie bestürzt an.

»Ach Liebste. Das ist schrecklich. Das ist grauenvoll. Und dann warst du danach ganz alleine und bist an Ellen geraten?«

»Ich hatte niemanden mehr. Nur Scheißleute aus meiner Gegend. Irgendwann lernte ich auf der Arbeit die Ellen kennen. Ich habe sie sogleich angehimmelt und zu ihr aufgesehen. So, wie sie, wollte ich auch mal sein. Und mit Jungs, das ging bei mir sowieso nicht mehr.«

Kiara schloss Alina in ihre Arme und küsste sie. Mark nahm den Gesprächsfaden wieder auf:

»Danke Alina, dass du uns das so offen erzählt hast. Aber solche Informationen sind sehr wichtig. Ich habe dich zum Beispiel einmal zur Strafe für eine Woche zu Viktor auf den Straßenstrich geschickt. Hätte ich das alles vorher gewusst, wäre das nie geschehen. Es tut mir leid.«

»Ach Mark, so schlimm war das nun auch wieder nicht. Ich habe dabei die ganze Zeit an Kiara gedacht. Und bei Ellen musste ich etwas in der Art auch schon machen.«

»Ja trotzdem, Alina. Es geht nicht darum, wozu du im Prinzip in der Lage bist, und was du alles aushalten kannst bzw. könntest. Kiara möchte sich unterwerfen. Sie ist die Hingabe in Person. Auch da gibt es Grenzen, worauf ich gleich noch zu sprechen kommen möchte. Aber du scheinst das ja wohl eher mit Widerwillen zu tun. Ich frage mich gerade, ob es Sinn macht, dich entsprechend anzubieten.«

»Mark, wenn Kiara das gerne macht und ich dabei sein kann, dann macht es mir ebenfalls Spaß. Ich möchte nicht sinnlos gequält werden. Aber wenn Kiara zum Beispiel auf das Sommerfest von Joachim muss, um dort von dreißig Männern oder auch mehr durchgefickt zu werden, dann will ich dort auch hin. Und die können mich natürlich ebenfalls ficken. Ich tue das dann gerne, weil es für Kiara ist.«

»Okay, ich habe verstanden, damit kann ich leben. Aber nun zu dir Liebling. Offenbar müssen wir ein wenig mehr auf dich achtgeben. Ein bisschen beruhigter bin ich schon wieder, denn du hast neuerdings einen Samurai an deiner Seite.

Alle schätzen deine bedingungslose Hingabe. Aber die sollte auch nicht ausgenutzt werden. Und der Punkt ist dann spätestens erreicht, wenn irgendwelche verdeckten Gefühle im Raum stehen. Das war nun mindestens bei Ellen und offenbar auch bei Robert der Fall. Ich habe nichts dagegen, wenn dich jemand benutzen möchte, um seine Freude an dir zu haben. Aber es geht nicht, wenn dabei persönliche Empfindlichkeiten an dir abreagiert werden, und ich bitte dich auch in deinem eigenen Interesse, mir in Zukunft jeden erdenklichen solchen Fall bereits frühzeitig mitzuteilen. Auch wird es in Zukunft keine Sitzungen mehr geben, an denen nicht wenigstens entweder Michael oder ich teilnehmen – und natürlich dein Samurai –, und sei es irgendwo in einem Nebenraum. Michelle war nicht in der Lage, sich heute gegenüber Ellen durchzusetzen, sie war dazu zu schwach. Oder lass es mich anders ausdrücken: Ellen war zu stark für sie, und wir hatten auch nicht damit gerechnet, dass sie so rücksichtslos sein würde. So etwas wird es in Zukunft nicht mehr geben.

Ferner werde ich Klaus anweisen, euch ab sofort auch in Kampfsporttechniken, zum Beispiel Karate, auszubilden. Bei Alina ist da offenbar nicht mehr viel zu tun, aber eine gute Technik kann nie schaden. Außerdem lernt sie dann möglicherweise auch, wann sie aufhören muss. Klaus ist übrigens nur der Trainer, nicht der Feind.« Bei seinen letzten Worten zwinkerte er Alina zu.

Kiara setzte sich auf seinen Schoß und gab ihm einen Kuss. »Danke Mark, auf diese Weise hast du vermutlich auch mehr von mir, oder?«

Mark lächelte.

»Sag mal Alina, wann hast du eigentlich Geburtstag?«

»Am 15. Mai, warum?«

»Du darfst dann mit Kiara für eine Woche in Urlaub fahren. Das Ziel dürft ihr euch selbst aussuchen. Ähm, sagen wir es mal so: Lesbos sollte es nicht gerade sein.«

Die beiden Frauen kicherten.

»Und da ist dann alles für uns erlaubt?«, wollte Alina wissen.

»Mit anderen Männern: nein. Unter euch: Bedingt ja. Kiara, du wirst in dieser Zeit Alinas persönliche Sklavin sein. Wie ihr das untereinander regelt, ist eure Sache.«

»Und was ist mit anderen Frauen?«

»Habe ich dazu irgendetwas gesagt?«

Und nun saß auch noch Alina auf seinem Schoß.

NACHSORGE

BEIM GYNÄKOLOGEN

Es war etwa 21 Uhr, als Mark Kiara und Alina noch einmal zu sich rief.

»Kommt ihr beiden. Wir müssen weg.«

Kiara war wie immer neugierig.

»Und wohin geht es, Mark?«

»Zum Gynäkologen.«

»Um diese Uhrzeit?«

»Nun, euer Vorfall mit Abi und John ist zwar jetzt schon etwas über eine Woche her, und du behauptest ja selbst, du wärst wieder komplett in Ordnung, aber ich möchte sicherheitshalber noch einmal von einem Fachmann meiner Wahl nachschauen lassen. Schließlich handelt es sich um mein Eigentum. Und bei Herbert kommen wir um diese Uhrzeit sofort dran. Das ist besser, als wenn du den halben Tag in irgendeiner Praxis herumsitzen müsstest, oder?«

Herberts Frauenarztpraxis lag im Frankfurter Westend. Mark zeigte den beiden Frauen den Weg ins Behandlungszimmer.

»So, zieht euch beide aus, ihr Lieben, und du Kiara, leg dich schon einmal auf den Stuhl.«

»Ganz ausziehen?«

»Hatte ich irgendetwas anderes zu verstehen gegeben?«

»Okay, okay, ist ja schon gut.« Kiara und Alina kamen seinem Wunsch widerspruchslos nach.

Herbert begrüßte sie freundlich. Er war etwa in Marks Alter.

Mark stellte sich neben den gynäkologischen Stuhl und begann sofort mit Kiaras Nippeln zu spielen. »Herbert, ich bringe sie schon mal ein wenig in Schwung. Ich befürchte, sie ist durch den Vorfall noch zu sehr verkrampft. Nicht dass du ihr mit dem Spekulum versehentlich wehtust.«

»Gute Idee. Kannst du, wenn ich in ihr drin bin, die andere genauso vorbereiten? Wenn ich zusätzliche Feuchtigkeit benötige, mache ich bei der Kleinen hier einfach an ihrer Klitoris herum. Ist ja alles da, was ich brauche.«

Nach einiger Zeit wandte sich Mark Alina zu, die es sich auf einem Stuhl bequem gemacht hatte, die Beine übereinandergeschlagen.

»Mach die Beine breit, Kleines. Ja, so ist es gut. So und dann lass mich mal ein bisschen an dich ran.«

Mark legte eine Hand in ihren Nacken, beugte sich leicht nach vorne vor und begann mit Mittel- und Zeigefinger Scheide und Klitoris zu stimulieren. Er ging dabei so fordernd vor, dass sie schon bald sehr feucht wurde.

»So gehört sich das, Kleines. Aber nur ja nicht Kommen. Du kennst unsere Vereinbarung. Sonst wird Kiara noch diese Nacht für dich leiden müssen.«

Nachdem Herbert die Untersuchungen an beiden Frauen, bei denen er sich unter anderem ausgiebig mit deren Kitzlern und Brüsten beschäftigte, abgeschlossen hatte, wollte er aus Sicherheitsgründen noch deren hintere Öffnungen inspizieren. Dazu brachte er Kiara und Alina in einen Nebenraum, wo sie sich flach und bäuchlings auf eine Liege hinzulegen hatten. Etwa 20 Minuten später waren auch diese Untersuchungen beendet.

Herberts Diagnose fiel recht günstig aus.

»Mark, es ist im Prinzip alles in Ordnung. Schäden konnte ich nicht feststellen. Allerdings scheinen beide überall sehr eng zu sein. Ich vermute, sie sind durch den Vorfall noch recht ängstlich und verkrampft. Ich schlage vor, sie ein wenig zu dehnen.«

Mark nickte stumm.

Herbert bat die beiden Frauen, sich auf den Rücken zu legen. Sodann führte er ihnen aufblasbare Dildos ein, die er fast bis zum Anschlag aufpumpte. Auf ihre Brustwarzen setzte er Nippelsauger, die er mit kleinen Ringen verstärkte.

»Die Ringe sollten sie nach Möglichkeit erst nach mehreren Stunden wieder abnehmen. Bei regelmäßiger Anwendung könnten sie hierdurch die Attraktivität ihrer Brüste weiter steigern. Sollte eine Lady einmal Nachwuchs bekommen: Auch der dürfte seine helle Freude daran haben.«

Mark war es anzusehen, dass ihn speziell das letzte Argument restlos überzeugt hatte.

Nach Abschluss der Vaginaldehnung mussten sich die beiden Frauen erneut auf den Bauch legen, woraufhin ihnen Herbert aufblasbare Plugs in ihre hintere Öffnung einführte, die er ebenfalls sehr weit aufpumpte. Etwa 15 Minuten später war auch diese Behandlung beendet.

»So, Mark, ich bin mit meinen Anwendungen durch. Allerdings sollten ihre Öffnungen nun noch etwas angefeuchtet und besser begehbar gemacht werden. Hilfst du mir dabei?«

Mark war einverstanden. Und so nahm er sich zunächst Alina vor und Herbert Kiara. Nachdem beide Männer ihren Samen vergossen hatten, wechselten sie die Frauen, um sich vom Erfolg der Maßnahme zu überzeugen. Beide wirkten sehr zufrieden.

Die gleiche Behandlung kam anschließend auch ihren hinteren Öffnungen zugute.

Nach vielleicht zweieinhalb Stunden fuhr Mark die beiden Frauen wieder nach Hause.

»Ich bin froh, dass bei euch alles in Ordnung ist. Manchmal muss man einfach sichergehen und gründlicher nachschauen. Ach wisst ihr was, ich rufe mal gerade den Michael an, vielleicht hat der noch einen Moment Zeit. Ich möchte, dass auch er noch einmal überprüft, ob nach der Behandlung mit euch wieder alles stimmt.«

Zu Hause angekommen gingen Kiara und Alina zunächst auf ihr Zimmer, um sich ihrer Kleidung zu entledigen.

»Sag mal Kiara, Mark hat eben gesagt, er würde dich bestrafen, wenn ich unerlaubt komme. Stimmt das?«

»Ja Alina, das weißt du doch. Du wirst nicht mehr von ihm gezüchtigt. Für dein Verhalten als seine Sklavin trage ich die Verantwortung. Wenn du einen Höhepunkt hast, obwohl es dir nicht erlaubt war, bekomme ich die Peitsche.«

Alina senkte ihren Kopf. Kiara sah sie fragend an.

»Was ist los mit dir, Liebste, das kennst du doch?«

»Ach weißt du, der Michael ist sehr stark gebaut und da muss ich mich immer enorm konzentrieren, um nicht zu kommen. Der Gyn vorhin durfte mehr mit dir machen, als ich das darf. Meinst du, wenn ich es gleich schaffe, mich bei dem Michael ... Ach, vergiss es.«

»Liebste, nun sag schon!«

»Kiara darf ich dich dann diese Nacht noch eine halbe Stunde haben?«

»Aber Alina, du weißt doch, dass ich bei dir erst recht nicht kommen darf.«

»Musst du ja auch nicht. Ich fände es nur schön, wir könnten es noch einmal so wie mit Michelle machen.«

Kiara kam auf Alina zu. Sie legte ihre Arme um ihren Hals.

»Einverstanden, mein Samurai! Alina, ich weiß, mir wird das sehr schwer fallen. Nach meinem ersten Treffen mit Michelle war ich so spitz, dass Mark mich noch am gleichen Abend an drei Fernfahrer verkauft hat. Aber es wird schon irgendwie gehen. Wenn ich mich dir auf diese Weise schenken kann, dann will ich das gerne tun. Alina, ich hab dich ganz furchtbar lieb.«

MICHAEL AND FRIENDS

»Da sind ja unsere beiden Hübschen!«

Michael hatte seine beiden Freunde Frank und Sebastian mitgebracht.

In der nächsten Stunde wurden die beiden Frauen reihum und in verschiedenen Stellungen von den Männern benutzt.

Sebastian gab als Erster sein Urteil ab: »Mark, ich denke die sind wieder in Ordnung. Du kannst sie ohne Probleme einsetzen.«

Doch Frank hatte noch eine Idee.

»Mark hast du sie denn schon abgenommen. Damit du dir wirklich sicher bist, dass noch alles an ihnen dran ist?«

»Wie meinst du das?«

»Na, du hast doch die Sybian-Maschine. Wie wäre es mit dem folgenden Spiel: Wie setzen die beiden Kleinen jeweils eine halbe Stunde darauf und greifen sie dabei ab. Abgenommen heißt: mindestens fünf Höhepunkte. Kannst du bei ihnen erkennen, wie weit sie sind? Ich mein nur, damit die uns nicht was vorspielen.«

»Klar kann ich das.«

Frank ging noch weiter: »Und wie wäre es mit einem Siegerpreis, damit es sich für die beiden Hübschen auch wirklich lohnt. Also wer von den beiden mehr schafft, hat gewonnen.«

Sebastian wollte daraus noch einen Profit schlagen: »Und wer gewinnt, wird von uns zur Belohnung ein weiteres Mal durchgefickt.«

Damit war jedoch Michael überhaupt nicht einverstanden: »Also Freunde, ein wirklicher Anreiz kann für die beiden nur das sein, worum es sich zu kämpfen lohnt. Wir sollten die Mädels einmal selbst fragen. Kiara, für was würdest du dich anstrengen?«

»Tja Michael, wenn ich die freie Wahl hätte: ein Haus mit Garten und Swimmingpool. Marks Haus würde es zur Not auch schon tun.«

»Da siehst du es«, warf Mark ein. »So etwas kannst du unsere beiden Lesben nicht fragen. Du bekommst nur dumme Antworten. War aber vorher auch schon so, ist kein neuer Fehler. Kein Grund zur Beunruhigung also! Michael, wir müssen das ganz anders angehen. Unsere Lesben werden sich vor allem für etwas anstrengen, was für sie von Nachteil ist.«

»Wie bitte?«

»Nun, die Liebe treibt seltsame Blüten! Unsere beiden Herzchen wollen doch vor allem eins nicht: dass die andere was Schlimmes machen muss. Normalerweise würde ich sagen: Die Gewinnerin bekommt hinterher die Peitsche. Das geht aber bei Alina leider nicht mehr. Ich gebe zu, es war sehr leichtsinnig von mir, dies Kiara zu versprechen.«

Ein spöttisches Grinsen zog über Kiaras Gesicht.

»Eigentlich reicht es schon, etwas auszuloben, wovon Kiara glaubt, dass Alina es nicht mag. Denn dann gewinnt Kiara. Was ja bei dem gerade gezeigten feixenden Grinsen auch angemessen wäre. Es ist spät, Freunde, wir sollten nichts machen, was zu kompliziert ist. Wie wäre es, wenn die Gewinnerin uns danach noch einmal abbläst?«

Schnell waren sich die Männer einig. »Okay, keine Gegenstimmen, einstimmig angenommen. Ich denke, so ist es auch fair. Also los geht's.«

Kiara wurde zuerst auf die Sybian-Maschine geschnallt und dann mit den Armen zur Decke hochgezogen. Mark stellte die Maschine an, nahm die Zeit und schaute Kiara an. Michael, Frank und Sebastian griffen sie derweil mit ihren Händen ab. Kiara kam insgesamt elfmal. Sie war die klare Gewinnerin, denn Alina schaffte es anschließend nur fünfmal.

SKLAVINNENVERSAMMLUNG

MARKS ERLAUBNIS

Mark, Kiara und Alina nahmen gerade ihr Frühstück zu sich, als Kiara sich ein Herz fasste.

»Mark, Alina und ich möchten heute einkaufen gehen. Und danach wollen wir noch etwas zusammensitzen. Ist es okay, wenn wir heute Abend erst um acht wieder zurück sind?«

»Zusammensitzen? Was darf ich mir darunter vorstellen?«

»Wir wollen noch eine Tasse Kaffee trinken und vielleicht später noch etwas essen gehen.«

»Aha.«

»Heißt das ›Ja‹?«

»Nein, Liebling, das heißt nicht ›Ja‹. Du verschweigst mir doch etwas! Seit wann fragst du großartig nach, wenn du mit Alina Kaffee trinken möchtest? Was soll mich an diesem Weiberkram interessieren?«

»Ja eben, Mark. Das interessiert dich doch gar nicht. Wir wollen uns ja dabei auch nur mit Miriam und Lorena treffen.«

Mark sprang augenblicklich auf.

»Ha!« Nach einer Pause: »Ha!« Und wenige Sekunden später wieder, nun deutlich lauter: »Ha!«

Mark wanderte aufgeregt im Zimmer hin und her.

»Liebling, was soll das werden, wenn es fertig ist? Plant ihr jetzt den Sklavinnenaufstand oder was?«

»Mark, nein, natürlich nicht. Außerdem ist Miriam nur meine Freundin und keine Sklavin.«

»Natürlich ist sie eine. Sie hat es nur noch nicht gemerkt, wird sie aber noch.«

»Mark, bitte! Beruhige dich! Wir wollen uns nur ganz normal unterhalten.«

»Erst Alina und du. Dann Alina, Miriam und du. Und jetzt Alina, Miriam, Lorena und du. Wer könnte mir sonst noch einfallen? Meinst du ernsthaft, ich merke nicht, was da abgeht? Für wie blöde haltet ihr mich?«

»Würde es dich ruhiger stimmen, wenn ich auch noch Michelle frage? Sie ist ganz gewiss keine Sklavin.«

Mark schlug mit der Faust auf den Tisch. Das Frühstücksgeschirr schepperte.

»Also das! Darum geht es dir also! Alles Lesben! Warum nicht Lissy und ihr Küken noch dazu?«

»Wenn du das möchtest.«

Erneut schepperte das Geschirr.

»Kiara, du wolltest doch gerade eben noch meine Zustimmung für euren Kaffeeklatsch. So, und das hast du dir mit deinen ungezogenen Antworten restlos vermasselt. Außerdem würde ich es niemals zulassen, dass ihr meine Lorena nun auch zu einer Kampf-Lesbe umdreht.«

»Wieso deine Lorena?«

»Schweig Kiara! Ich kenne sie schon viel länger als euch alle zusammen und ich möchte nicht, dass ihr euch nun auch noch an ihr vergreift.«

»Mark, Lorena steht überhaupt nicht auf Frauen. Hat sie mir jedenfalls gesagt.«

»Aha! Warum hat sie dir das erzählt? Ich kann es dir sagen! Weil du sie angebaggert hast!«

»Nein, Mark. Sie wollte einfach etwas über Alina und mich erfahren und dabei hat sie es mir gesagt. Und Miriam ist auch keine Lesbe.«

»Miriam ist deine langjährige Freundin und damit ganz automatisch eine Lesbe. Außerdem hat sie doch mit euch beiden schon rumgemacht. Habe ich doch alles brühwarm erzählt bekommen!"

»Ja weil ich es dir als Sklavin erzählen muss.«

»Das ändert doch nichts. Kiara, bleib sachlich! Aber das mit Miriam hat sich ja wohl hoffentlich bald erledigt. Der Michael entwöhnt sie gerade von euch Weibern.«

»So? Aber Mark, dann kann es doch sowieso kein Lesbentreffen sein. Lorena steht nicht auf Frauen, Miriam wird von euch gerade umgepolt, bleiben also nur noch Alina und ich übrig.«

»Also doch der Sklavinnenaufstand, oder?«

»Mark, bitte! Es ist wirklich nichts.«

»Warum trefft ihr euch dann nicht einfach hier? Ihr bekommt alle ein Halsband um mit einer Hundekette dran, und dann könnt ihr meinetwegen hier vor mir tagen. Und hin und wieder greife ich mir eine von euch heraus. Wie wäre das?«

»Mark, das würde dir doch überhaupt nicht gefallen. Für so einen Weiberkram hast du gar keine Zeit. Mark, du weißt, Alina und ich machen viel zusammen. Ja und nun rief Miriam an, sie müsse mir unbedingt was erzählen. Mark, sie braucht meinen Rat. Ja und Lorena möchte mir etwas über Jonas und Robert berichten. Und ich habe bei ihr auch ein Interesse. Du möchtest einen Sohn von mir. Ich bin ein wenig verunsichert darüber, wie später beides, also Sklavin und Mutter, zusammen funktionieren soll. Und Lorena ist die einzige Person, die ich dazu einmal fragen könnte. Mark, für mich geht es in erster Linie um solche Dinge, also eigentlich um uns, und ganz besonders um deinen Sohn.«

Mark beruhigte sich wieder und setzte sich hin.

»Na ja, über dein Verhandlungsgeschick habe ich mich schon einmal geäußert. Vielleicht sollte ich dich mehr in meiner Firma einsetzen, bei ganz besonders schwierigen Kunden. Wetten, dass die bald darauf alles unterschreiben?«

»Läuft das mit den Kunden denn nicht schon so?«

Marks Blick verfinsterte sich: »Sag mal, Liebling, wann hast du das letzte Mal dein eigenes Geschrei gehört? Aber ich will mal nicht so sein. Robert hat sich sehr lobend über dich geäußert. Scheinbar hat er sich mit seinem Sohn ausgesprochen, will ihm sogar ein Kunststudium in Paris finanzieren. Wie hast du das eigentlich hinbekommen? Wie machst du das?«

»Nichts, Mark. Es war wie immer. Ich habe nur die Beine breitgemacht.«

Wenige Augenblicke später lag Kiara mit strampelnden Beinen über seinen Knien, während seine Hand gnadenlos auf ihren entblößten Po und ihre Oberschenkel eindrosch.

Nachdem er sie wieder heruntergelassen hatte:

»Liebling, wo wollt ihr euch denn heute treffen? So wie es aussieht, kann das ja bald nur noch eine Stehkneipe sein. Oder die müssen da ganz dicke und weiche Polster haben, he he. Ich kann dir das garantieren, wenn du in dem gleichen Stil wie jetzt weitermachst.«

»Wir haben ans Café im Liebighaus gedacht. Oft ist uns das aber zu voll. Je nachdem gehen wir woanders in der Nähe hin. Mark, ich wollte dich nicht provozieren. Aber ich mache nichts Besonderes. Ich bin immer nur ganz offen, schenke den Menschen mein Ohr und oft auch meinen Körper, und das tue ich aus ganzem Herzen, so wie du es mir beigebracht hast. Ich bin eigentlich nur so, wie du es von mir willst. Wenn ich dabei zufälligerweise ein paar gute Dinge bewirke, dann ist das dein Verdienst.«

»Alina, sag du doch jetzt auch mal was dazu. Ist das nicht schrecklich, wie ich hier nach allen Regeln der Kunst ausmanövriert werden soll? Es hat schon seinen Sinn, wenn man Weibern den Mund verbietet. Ich bekomme eure trickreiche und verlogene Argumentationsweise gerade einmal wieder in aller Deutlichkeit zu spüren.«

»Mark, aber es stimmt doch, was sie sagt. Das, was dir an ihr gefällt, mögen andere auch. Ich zum Beispiel.«

»Ja, ja, ja! Ausgerechnet dich musste ich jetzt fragen. War doch klar, was dabei herauskommen würde. Eine Lesbe hilft natürlich der anderen Lesbe.«

»Kiara ist doch gar keine Lesbe.«

»Alina! Nun halte gefälligst deinen Mund, sonst vergesse ich alle Versprechen, die ich Kiara gegeben habe!

Aber noch einmal zurück zum Ausgangsthema. Okay, Liebling, ich will dir ausnahmsweise noch einmal glauben und annehmen, dass eure Sklavinnenversammlung in erster Linie im Interesse meines Sohnes ist. Was Lorena angeht, das muss natürlich Robert entscheiden. Aber meinetwegen reicht es, wenn ihr um Punkt 24 Uhr zurück seid. Und weißt du auch warum?«

»Danke, Mark. Nein?«

»Da sitzen nun vier Weiber zusammen und quatschen. Ja, und wenn sie mal quatschen, dann quatschen sie richtig. Ist dann zu erwarten, dass ihr um acht schon wieder zu Hause seid?«

»Na ja, Mark, ich muss zugeben, es könnte eng werden.«

»Eben! Und da ich Alina auf deinen Wunsch nicht mehr bestrafe, trägst du für sie die Verantwortung mit. Für Lorena ist natürlich Robert zuständig. Aber deine Freundin Miriam gehört ja nun eindeutig zu dir. Und wenn sie an der Quatscherei beteiligt ist und mit dafür sorgt, dass du erst nach acht zu Hause bist, ist sie natürlich mitschuldig. Bislang hat sie sich der gerechten Strafe immer entzogen. Die Folge war: Du musstest für sie eintreten. Das würde heute nicht anders sein. Mit anderen Worten: Du würdest gleich dreimal bestraft werden, einmal für dich, einmal für Alina und einmal für Miriam. Mir macht das nichts aus, im Gegenteil, ich habe großen Spaß daran. Bei dir ist es sowieso am Schönsten. Aber um dir eine echte Chance zu geben, deiner gerechten Strafe zu entgehen, habe ich sicherheitshalber die Frist verlängert.«

Kiara setzte sich auf seinen Schoß und küsste ihn. »Danke Mark, du bist ein Schatz.«

CAFÉ BAR

Das Café im Liebighaus war leider wieder einmal überfüllt, und so wich man in die Café Bar in der Schweizer Straße aus, von Kiara gewohnheitsmäßig noch immer Schwarzes Café genannt. Die vier Frauen setzten sich an einen Ecktisch ganz am Ende des Raumes.

Alina nahm neben Miriam Platz und gab ihr noch einmal einen langen Kuss auf den Mund. Schon bald versenkte sie eine Hand zwischen ihren Beinen.

Kiara lächelte Alina zu: »Alina! Du kannst es aber auch wirklich nicht lassen.«

»Ja, ich weiß. Aber ich würde gerne die Gelegenheit nutzen, denn Miriam darf ja.«

Miriam schaute sie verwundert an. »Wie meinst du das?«

»Ach Miriam, es ist schon oft sehr schwierig für mich. Du weißt, ich liebe Kiara. Aber in vieler Hinsicht bin ich beim Sex so ähnlich wie manche Männer. Schau mal, Kiara und ich sind fast jede Nacht zärtlich miteinander. Aber wir dürfen nicht weitergehen, wir müssen verzichten, damit wir am nächsten Tag umso mehr für die Kerle bereit sind. Kiara macht das, glaube ich, nicht so viel aus, weil sie ja gerne mit den Kerlen fickt. Wenn sie dabei kommt, dann ist das für sie so ähnlich, wie wenn sie bei mir kommen würde. Ich fühle da ganz anders, eher wie die Männer, nicht so wie Mark, aber wie andere. Da sind einige Kerle, die wollen unbedingt, dass wir kommen. Das ist das Größte für die. Die fühlen sich erst dann happy, wenn wir vor ihren Augen und von ihnen gemacht einen Höhepunkt haben. Und am besten gleich ein paar Mal hintereinander. Ja und oft sind wir durch den ständigen Verzicht und die abendliche Stimulation von Mark dann auch so geil, dass es für die ganz leicht ist. Mich interessieren die Männer überhaupt nicht. Sie erregen mich noch nicht einmal. Und trotzdem haben sie ganz leichtes Spiel mit mir. Wenn einer ein bisschen fester in mich eindringt, und ich merke, der will mich kommen sehen, dann hat er mich eine Minute später so weit. Dann passiert es vor seinen Augen und er hält sich dann für einen tollen Hengst. Das ist mittlerweile auch okay für mich. Anfangs war das ziemlich hart, mich denen so zu zeigen. Ich wollte nicht, dass sie das von mir bekommen. Jetzt habe ich mich daran gewöhnt, oder anders ausgedrückt, ich habe es akzeptiert. Aber leider bin ich in dem Punkt nicht anders als die Kerle. Mich interessiert mein Höhepunkt nicht so sehr. Es ist schön, hin und wieder einen zu haben. Doch eigentlich will ich etwas ganz anderes. Ich will sehen, wie Kiara bei mir kommt, und zwar durch meine Zunge oder meine Finger. Und wenn ich das bei Kiara nicht haben kann, weil ich nicht darf, dann wenigstens bei einer anderen Frau, die ich mag. Und bei der ich darf, so wie bei dir. Weißt du, ich habe eine Zeit lang geglaubt, ich könnte darauf verzichten, es könnte mir reichen, wenn ich sehe, wie Kiara bei anderen Männern kommt und, wenn es denn mal möglich ist, sie mich dabei anschaut. Aber es nicht das Gleiche, jedenfalls für mich nicht.«

Kiara hatte längst ihre Hände ergriffen. »Ach Liebste.« Sie erhob sich und gab ihr einen langen und intensiven Kuss auf den Mund.

Alina schaute sie traurig an. »Vielleicht stimmt ja auch irgendetwas nicht mit mir. Manchmal denke ich, bei mir ist eine Schraube locker, und ich bin schon innerlich ganz kaputt. Aber weißt du Kiara, was das Allergrößte bisher für mich war? Dich bis ganz kurz davor zu lecken, dich dann zu küssen, mit einer Hand deinen Nacken zu greifen, dir ganz tief in die Augen zu schauen und dich dann mit meinen Fingern langsam, unendlich langsam und doch unnachgiebig bis ganz kurz vor den Höhepunkt zu bringen. Ich kann dir mittlerweile genau ansehen, wann es bei dir so weit ist. Du bist eine so wunderschöne Frau. Ich schaue dich an, ich küsse dich, und ich weiß genau, du kannst dich jetzt nicht mehr wehren, ich werde dich die nächsten zehn Minuten oder vielleicht auch noch viel länger sehr nahe an dieser Grenze halten. Du bist mir dann restlos ausgeliefert, und wenn ich will, dann wird dieser Körper, den ich über alles liebe, gleich unter mir beben und zucken oder stattdessen unmittelbar davor verharren. Aber Liebste, oft reicht mir dieses Verharren nicht. Ich möchte mehr. Ich wünsche mir so sehr, dich hin und wieder auch einmal über diese Grenze zu bringen. Denn in diesen Momenten siehst du aus wie ein Engel, so wunderschön, so klar und so entspannt. Und du bist dann ganz mein. In deinen Augen steht es geschrieben. Am liebsten hätte ich das bei dir jeden Tag. Und wenn ich es nicht bei dir bekommen kann, dann eventuell auch mal bei einer anderen Frau, obwohl das natürlich nicht das Gleiche ist. Männer interessieren mich dagegen überhaupt nicht.«

Die beiden Frauen küssten sich noch einmal.

Miriam lächelte Alina an. »Alina, ich muss dich enttäuschen. Ich darf auch nicht mehr.«

Kiara, Alina und Lorena stimmten fast zeitgleich ein: »Was?!«

SKLAVINNENVERSAMMLUNG

»Ja deswegen wollte ich mich auch unbedingt mit euch treffen. Das ist ein riesengroßes Problem für mich. Wisst ihr, ich will nicht auf Michael verzichten, er hat mich längst in seinen Bann gezogen. Ich will nicht sagen, dass ich ihm hörig bin, aber viel fehlt eigentlich nicht mehr dazu. Und so hat er vor einiger Zeit damit begonnen, mich zu erziehen.«

Kiara fasste ihre Hand. »Aber Süße, das wolltest du doch nie. Darf er dich jetzt doch peitschen?«

»Nein, das habe ich mir verboten, und da hält er sich auch dran. Er macht überhaupt keine Anstalten dazu, Gewalt anzuwenden. Er ist viel subtiler. Er lässt mich dann einfach am langen Arm verhungern.«

»Ja und wie sieht die Erziehung aus?«

»Liebes, unter anderem eben darin, dass er meinen Orgasmus kontrolliert. Ich darf nur noch in seiner Gegenwart kommen. Wenn wir uns treffen, fragt er mich natürlich erst einmal aus. Es ist wie bei der Inquisition. Ich kann ihn auch nicht belügen, das würde er sofort herausfinden. Also halte ich mich an die Regeln. Wir treffen uns meist einmal die Woche, und an den restlichen Tagen ruft er mich abends an. Ich darf es mir am Telefon ein oder zweimal machen, aber nur bis ganz kurz davor. Danach legt er auf, und ich liege die halbe Nacht wach mit meiner Lust. Manchmal verfluche ich ihn stundenlang, weil ich die ganze Zeit damit beschäftigt bin, meine Hand von meiner Möse wegzukriegen. Wenn wir uns bald darauf wieder treffen, will ich nur noch eins: Gefickt werden. Mir ist dann fast alles egal. Und so passieren Dinge, die eigentlich nicht passieren dürften.«

»Aber Süße, was meinst du denn damit?«

»Letzten Freitag nahm er mich zu drei Freunden mit. Eigentlich wollte ich nicht dorthin, da ich mich schon die ganze Zeit darauf gefreut hatte, endlich wieder von ihm gefickt zu werden. Kaum waren wir dort, hat er mich aufgefordert, mich ganz auszuziehen. Mir war das total unangenehm, weil ich die anderen nicht kannte. Er verlangte, dass ich es mir vor ihnen selbst mache. Aber auch dabei musste ich jedes Mal kurz vorher aufhören. So ging das vielleicht fünf Mal. Danach war ich am Ende. Ich war fast so weit, mich von jedem x-beliebigen Kerl ficken zu lassen. Beinahe hätte ich darum gebettelt. Doch dann haben sie mich gepackt und im Nebenraum auf eine Schaukel gelegt. Meine Arme und Beine wurden ganz weit in die Höhe gespreizt und mit Bändern festgemacht. Einer hielt die ganze Zeit meinen Kopf fest. Und dann kamen im Laufe des Abends vielleicht fünfzehn Kerle. Ich konnte sehen, wie sie alle dem Michael an der Türe einen Test vorgelegt und ihm fünfzig Euro in die Hand gedrückt haben. Gleich darauf haben sie sich ausgezogen und mich gefickt, immer und immer wieder. Aber nur in meine Muschi komischerweise. Sie sind nur in meiner Möse gekommen. Es war egal, ob ich selbst feucht war oder nicht, die ganze Zeit lief deren Saft aus mir heraus und von dort hinunter. Die Wirkung war so gut wie von einem Super-Gleitgel. Und dann kam auch schon der Nächste, schob sein Ding in mich hinein, und einige Zeit später spritzte er seine Sahne in mich ab. Zwei seiner Freunde standen die ganze Zeit neben mir und spielten an meinen Brüsten. Der dritte Typ hielt meinen Kopf und sagte Dinge wie ›Ja Kleines, heute wirst du zur Frau gemacht, zu einer richtigen Frau, zu einer Nutte, die sich von jedem Kerl ficken lässt.‹ Anfangs hat mich das wütend gemacht, ich konnte mich ja überhaupt nicht dagegen wehren, aber irgendwann war mir auch das egal. Alle Kerle sind ein paar Mal gekommen und jedes Mal tief in meiner Möse drin.«

Die anderen schwiegen. Miriam fuhr fort.

»Und dann die Schaukel! Sie standen unmittelbar vor mir, und ich war ihnen hilflos ausgeliefert. Sie schauten mir direkt ins Gesicht, und mein Kopf war so angehoben, dass ich sie auch anschauen musste. Ich sah ihre Macht. Sie stießen ihren

SKLAVINNENVERSAMMLUNG

Schwanz in mich hinein, die Schaukel bewegte sich nach hinten und kam ganz von alleine wieder zurück. Dadurch waren ihre Hände frei. Sie konnten mich überall begrapschen, so wie es ihnen gerade beliebte. Und mich überall dabei anschauen. Als wenn sie sagen wollten: ›Wir haben heute unseren Spaß mit dir. Und irgendwer unter uns wird dir ein Kind machen, das du für uns austragen musst.‹ Es war wie in einem schlechten Film. Ich weiß ehrlich gesagt nicht, was ich von der ganzen Sache halten soll. Ich habe mich schrecklich benutzt gefühlt. Außerdem hat mich Michael wie eine Nutte verkauft. Später habe ich ihn gefragt, wo eigentlich mein Anteil sei. Doch er hat nur gemeint, ich wäre seine persönliche Nutte und deshalb stünde mir kein Anteil zu. Und überhaupt: Ich solle mich nicht so anstellen, da es mir doch klar sein müsste, dass er mich zur Nutte erzieht. Versteht ihr das? Er hat mit mir und meinem Körper richtig Geld verdient! Auf der anderen Seite: Es war geiler als alles andere, was ich je zuvor erlebt habe. Ich bin so oft gekommen, dass ich irgendwann mit dem Zählen aufgehört habe.«

Nach einem längeren Moment allgemeinen Schweigens fand Lorena zuerst ihre Stimme wieder: »Und ich bin jetzt ganz feucht.«

Die Frauen kicherten und lachten gleichzeitig drauf los.

Kiara streichelte Miriams Hände. »Miriam, ich kann mir vorstellen, wie schwer das für dich gewesen sein muss, gerade für dich. Das war sicherlich ein sehr heftiges Erlebnis. Auf der anderen Seite bin auch ich richtig feucht dabei geworden. Mach dir über das Geld mal keine Gedanken. Der Michael spielt nur mit dir. Der arbeitet nämlich ganz eng mit Mark zusammen und hat Kohle ohne Ende. Für Leute wie Michael oder Mark ist so etwas nur ein Kick. Ich würde sogar vermuten, der kannte alle deine sogenannten Freier, das waren vermutlich Freunde von ihm. Er hat sie wegen dir vorher darum gebeten, so zu tun, als müssten sie deinem Zuhälter Michael Geld geben, um dich ficken zu dürfen.

Irgendwann kriegst du das alles zurück, sei es als Pelzmäntelchen oder als kleine Urlaubsreise, wie auch immer. Lass dich von dem nicht ins Boxhorn jagen. Und von Mark schon gar nicht.«

Lorena pflichtete ihr bei. »Ich bin ganz deiner Meinung, Kiara. Ich kenne den Michael auch schon viele Jahre. Das ist ein ganz feiner Kerl. Aber schön, Miriam, dass du das vorher noch nicht wusstest, das hätte dir sonst einen Teil des Reizes genommen. So war die Situation ganz besonders real. In deinem Kopf warst du in der Zeit wirklich eine Nutte, und zwar sogar gegen deinen Willen. Das kann ganz besonders reizvoll sein.«

Alina seufzte enttäuscht: »Wieder eine weniger. Und das wegen eines Kerls! So ein Mist aber auch.«

Die Frauen lachten herzlich. Kiara warf Alina einen Kuss zu: »Alina, ich muss dir nachher noch etwas dazu sagen.«

Im Anschluss daran unterhielten sich Kiara und Lorena über das Leben als Sklavin und Mutter. Später berichtete ihr Lorena detailliert über das sich verändernde Verhältnis von Robert und Jonas und dankte ihr einmal mehr für alles, was sie für die beiden getan hatte.

Alina konnte auch weiterhin ihre Hände nicht von Miriam lassen, und so tauschten die beiden Frauen mal versteckt, dann wieder ganz offen Zärtlichkeiten untereinander aus. Gegen 18 Uhr entschied man sich, aufzubrechen.

Alina schaute fast triumphierend auf ihre Uhr. »Mann, da kann man mal wieder sehen! Da hat sich der Mark aber mächtig getäuscht. Er hat uns nämlich Zeit bis Mitternacht gelassen, weil wir Weiber angeblich ständig quatschen und dabei Ende finden. Und was ist? Schon weit vor unserer ursprünglich geplanten Zeit sind wir durch. Wir sind einfach viel zu wohlerzogen. Wir sind so etwas wie Muster-Sklavinnen.«

SKLAVINNENVERSAMMLUNG

Miriam protestierte. »Ich bin keine Sklavin.«

Alina boxte sie zärtlich auf den Oberarm. »Bist du doch! Jedenfalls hat Mark das heute gesagt, und Mark widerspricht man nicht! Er hat gemeint, du seist eine Sklavin, hättest es aber bislang noch nicht gemerkt. Also Miriam, falls du es bis eben noch nicht wusstest, wir haben es dir jetzt offiziell mitgeteilt, und damit ist es so!«

Die Frauen fielen sich lachend in die Arme. Vor der Tür gab man sich einen letzten Kuss.

Kiara nahm Lorena zur Seite. »Lorena, komm doch einfach, so wie es dir gelegen ist, bei uns vorbei. Ich würde mich freuen, dich häufiger bei uns zu sehen. Meinetwegen kannst du auch zusammen mit Robert vorbeischauen, dann hat er etwas von mir und Mark etwas von dir, aber das sehen wir ja dann.« Lorena und Kiara küssten sich zur Verabschiedung auf den Mund.

Während Lorena und Miriam in Richtung Main aufbrachen, verweilten Kiara und Alina noch für einen Moment ungefähr dort, wo sich im Sommer die großen Außenholztische des Cafés befinden.

»Liebste Alina. Mich haben deine Worte vorhin sehr berührt. Weißt du was? Es ist doch jetzt noch ziemlich früh. Der Mark kommt heute vermutlich erst recht spät nach Hause, sonst hätte er uns nicht die viele Zeit zugestanden. Also vor elf wird der auf keinen Fall zurück sein. Lass uns am Schweizer Platz ein Taxi nehmen und nach Hause fahren. Und dann legen wir uns zusammen ins Bett. Du kannst mich den ganzen Abend haben. Ich werde mich überhaupt nicht zurückhalten. Du kannst mir dabei ganz tief in die Augen schauen, und es wird alles dein sein. Nur für dich werde ich kommen. Und wenn du möchtest, dann revanchiere ich mich anschließend noch bei dir. Ist das Okay? Vielleicht sollten wir das hin und wieder einfach tun.«

»Aber Kiara, du wirst es dem Mark bestimmt noch heute erzählen.«

»Alina, ich bin seine Sklavin. Ich muss es ihm sagen. Ich kann ihn nicht belügen.«

»Ich weiß. Aber wenn du bei mir zum Höhepunkt kommst und ich anschließend auch noch bei dir, dann wird deine Strafe doppelt so hoch ausfallen. Mir macht es absolut nichts aus, erst wieder in ein paar Tagen bei irgendeinem Kerl zu kommen. Aber ich würde so gerne in deine Augen schauen, wenn du einen Höhepunkt von mir geschenkt bekommst. Ich weiß, dass er dich dafür züchtigen wird. Doch noch mehr kann und will ich nicht verlangen. Was du mir geben willst, ist ohnehin schon viel mehr, als mir zusteht.«

»Alina, als meiner großen Liebe steht dir das zu. Ich kann es dir nicht immer geben, nicht so oft, wie ich es gerne möchte. Denn auch ich würde Marks Strafen auf Dauer nicht ertragen können. Aber lass mich dir wenigstens heute meine Liebe beweisen. So, und nun komm endlich, Liebste, je früher wir zu Hause sind, desto mehr hast du gleich von mir.

Und weißt du, was ich mir dabei von dir wünsche? Fessle mich bitte und mach es so, wie du es vorhin beschrieben hast. Halte mich kurz davor, solange du möchtest. Und dann lass mich kommen. Auch für mich ist es so am Schönsten.«